小学館文庫

竹光侍

永福一成

小学館

目次

序章　襲撃　7
第一話　秘密　21
第二話　物怪　52
第三話　蝶々　78
第四話　剣豪　110
第五話　矢場　137
第六話　手習　165
第七話　玉緒　190
第八話　証文　219
第九話　狂剣　246
あとがき　松本大洋　277

竹光侍
たけみつざむらい

永福一成

序章　襲撃

夕陽《ゆうひ》が木立に濃い明暗を刻んでいた。

山間《やまあい》に木を打つ音が伝わってくる。

木こりの斧《おの》ではない。鉄が木肌を裂くのとは違った響きだ。

（やっておるな……）

木と木が擦れあう音が、心地良い拍子でこだました。この山のどこか、そう遠くない所で息子が稽古《けいこ》をしている。あれは杉を木刀で打ち据える音だ。

瀬能宗右衛門《せのうそうえもん》の瞼《まぶた》に、一心不乱に木刀を振るっている宗一郎《そういちろう》の姿が浮かんだ。

息子は何年もかけて太い幹を抉《えぐ》っているのだ。

（よくあそこまで鍛錬したものよ）

目を細めながらも、肩に担いできた遺体を小さな細い谷底に投げ落とした。

遺体は山の獣たちがきれいに片付けてくれるだろう。人里離れた山の中だ。他人に見つかることはあるまい。

信濃国水内藩《しなののくにみのち》は飯山藩《いいやま》と松代藩《まつしろ》に挟まれた人口はわずか二万人弱の小藩である。

瀬能家は水内の藩境、飯縄山《いいづな》の麓《ふもと》にあった。三人暮らしの家は東屋《あずまや》と呼べるほど質素で、辺りに人家はなく来客など滅多になかった。

谷間に投げ捨てた男を斬《き》ったのはつい先ほどのことである。

庭で薪割《まきわ》りをしていると、招かれざる客の訪問を受けたのだ。

男は腕に覚えの剣客であったが自惚《うぬぼ》れが過ぎた。老境に達している宗右衛門を侮ってもいたのだろう。

男が刀に物言わせようと柄《つか》に手を掛けたので、手にしていたナタで応じた。それだけのこと……。

家の奥にいる妻をいたずらに驚かせることもない。手早く死んだ男を肩に担いで山道を登って来たのだ。

本当の厄災が訪れるまであまり猶予はないだろう。

宗右衛門は身をひるがえすと急いで山道を下っていった。

宗右衛門が家に戻ると、同じく日課の一人稽古から戻った宗一郎が、家の前、薪割り台の辺りに立っていた。

何かいいたげであったが、問いかけてこない。動じないのは良い資質だ。妻の志津《しづ》とは、変事の対処について前々から取り決めているし備えもある。だが息子にはまだ一切を聞かせていない。今がその刻《とき》のようだ。

「明日、宝仙寺《ほうせんじ》に行く。お前もついて参れ」

「何か火急の用向きですか。父上」

「手形を出してもらう」

「手形……」

「碓氷《うすい》の関を越える。急だが、ここを離れねばならなくなった」

翌日、父子で山を降りた。志津は留守居に残った。

宗一郎がしばらくしてふり返ると、志津は泣き笑いのような表情を浮かべ、家の前で黙って見送っていた。

菩提寺《ぼだいじ》である宝仙寺は水内《みのち》の城下の外れの寂しい場所にあった。それでも宗一郎には充分に賑《にぎ》やかに感じられた。

「ご住職。前々よりお頼み申していた手形をいただきに参りました」

「おお、瀬能殿か。やれ、ご子息は随分と立派になられたな」

住職は久しぶりに会う宗一郎をしげしげと見た。宗一郎も物珍しげに境内を見回している。

「約定通りすぐさま用意させましょう」

通行手形の発行を待つ間に墓参を済ませた。

「父上。水内を離れるのですか？」

「それどころか信濃を出ることになる」

「昨日、庭先で……けものたちとは違う血の匂《にお》いがいたしました」

「うむ。一人斬った。だが一人では済まぬかもしれぬ」

「そうでしたか。ではこれが剣難……というものでございますね」

剣敵が出来るのは剣客の必定。

剣客であれば避けては通れぬ災禍を「剣難」と教えていた。

「まぁそうだな。剣難には違いない」

笑って応《こた》え、住職から手形を受け取ると急ぎ人里を離れ山に戻った。

＊

懸念していたより、ことは切迫していた。

家に戻る山道を登っていくと、途中に人影が現れた。ひぃ……ふう……みぃ……全部で五人の侍が前に立ちふさがった。

「瀬能剣術指南。お久しゅうございます。長い間、お預かり頂いていたものをお返し願いたい」

肩書きなど付いていたのは随分昔の話だ。俗世から離れてみれば何とも煩わしい。

「ぬかせ。うぬらとの間に何の貸し借りもない。ここにいるのは瀬能宗右衛門とその一子、宗一郎よ」

低い声で応えると、五人は差料《さしりよう》の柄に手を掛けた。

(問答無用というわけか……)

こちらも差料の柄に右手をそっとあてがい、左手の親指で鯉口《こいぐち》を切った。

横の宗一郎はすでに鯉口を切っている。

幼少より厳しく剣を仕込んだが、息子が実際に人を斬ったことはなかった。さすがに緊張しているようだ。

しかも五対二である。

狭い一本道に、「剣術指南」と呼びかけてきた首魁と手下が左右に二人ずつ。

（こやつ……名は何といったかな）

遠い記憶をまさぐりながら、首魁《しゅかい》の顔を見据えた。

じりじりと高まる緊張は思わぬ形で破られた。木々の向こうから一筋、黒煙が立ち上るのが見えたのだ。奥にあるのは瀬能家の東屋のみ……。敵はこの五人だけではなかったのか。

急がねばならない……。

「ずぁっ」

裂帛《れっぱく》の気合いで打って出た。

首魁の横にいた奴に斬りつけたが、素早く半身を開いて躱《かわ》された。浅傷《あさで》に入って肩を斬ったのみ。なかなかの腕だがこれで陣形は崩してやった。

「行け。宗一郎」

阿吽《あうん》の呼吸で息子はいうより早く飛び出し、囲みを破って駆け抜けた。

「ぬっ……」

首魁が一拍遅れて宗一郎の後を追った。

首魁を追い我が家に向かおうとしたが、残党に行く手を阻まれてしまった。

「待てぃ。ここは通さぬ」

肩に浅傷を負った奴が、傷をものともせず白刃を抜きはなった。

ぐっと引き手にして刀身の鍔元《つばもと》で、この居合抜きは受け止めた。すぐさま後ろに跳び退り相手の勢いを削《そ》ぐ。斬撃《ざんげき》はしのいだが押し戻された格好になってしまった。家が遠のく……。

（宗一郎。志津……）

これでは助太刀に行けそうにもない。残った四人はすでに抜刀している。

「此奴《こやつ》は斬ってもかまわんのだな」

「おう」

四人とも頭に鉢がねを巻き、たすき掛け。軽衫《カルサン》穿《ば》きに手甲脚絆《てっこうきゃはん》できちんと戦支度を整えていた。

（随分な念の入れようだわい）

初太刀を見切った相手もさることながら、他の三人も相当な手練《てだ》れのようだ。

「老いたとはいえ、この瀬能宗右衛門をやすやすと討てると思わぬことだ」

吠《ほ》えたが、はったりのつもりはない。

対峙《たいじ》した四剣客も、それを敏感に嗅《か》ぎとっているようだ。

じりじりと押し囲み確実に討ち取る……。

四人はゆっくり着実に囲みを狭めてきた。

「でぇぃ」

短い気合いと共に一人が八双《はっそう》からの胴払いで先駆けてきた。

狭い山道では有効な攻め手である。

今度は剣で受けずに相手に向かって突進した。こちらの攻め手は挙動の少ない腰だめからの突き技だ。

（なるほど）

多勢を相手にする時は剛胆愚直なぐらいが丁度よい。

胴払いを避けずにこの身で受けてやったが討たれるつもりなど毛頭無い。間合いを詰めた分、切っ先でなく鍔元の斬撃になり浅傷で済んだ。

ところが敵はそうはいかない。突きを腹に深々と受け、驚いた顔で固まった。

（肉を斬らせて骨を断つとはこういうことよ……。まずは一人目）

間髪いれずに相手の胸板を蹴《け》り、突き立てた剣を引き抜いた。残した軸足で身をひねり振り向きざまに低く払った。

狭めた包囲があだとなった。次の相手は片手脛払《すねばら》いで膝《ひざ》を割ってやった。

「ぐ……」

相手も手練れだ。ただで片脚はくれない。敵も反射的に打って出てきた。

だが、この太刀は空いた手と肩で受けた。必殺の袈裟懸《けさが》けだったろうが間合いが足りない。しかも片膝を潰《つぶ》されていたので充分に力が入っていなかった。これも深傷《ふかで》には至らない。

返す刀で体勢の崩れた敵の首を討った。

（これで二人目……）

残る二人は跳び退り間合いを取った。さすがに二剣客の貌《かお》つきが変わった。

素早く視線を交わすと半歩踏みだし、横並びに構えなおした。

（個で立ち合《お》うても複の利は活《い》かせぬと気づいたか）

手練れの剣客たちにはもう余裕などなかった。自惚れが仲間二人を死地に追いやり、残る自分たちにも命の踏み絵を迫っているのだ。

それでも一対二。

こちらは浅傷だが出血をしている。長引けば勝機を逸するだろう。見極めると、迷わず返り血と流血で赤く染まった老体で跳んだ。定石を覆す攻め手。

「うわぁぁ……」

並列陣があっさり崩れた。片割れが恐慌をきたし刀を摺《す》り上げてしまった。それを上方からの強襲で叩《たた》き落とし、刀は地面に打ちつけられ折れた……。折られた相手が思わず身を起こしたところ、渾身《こんしん》の頭突きを食らわす。固い頭蓋骨《ずがいこつ》がもろに鼻中に入り、鼻梁《びりょう》の軟骨は砕かれて顔面に埋没した。ここは指圧における人体の急所。脳天を突き抜ける激痛にもんどり打ちながら、三人目は地面に後頭部を叩きつけそのまま動かなくなった。

「あ……」

鼻血を吹き出す同朋《どうほう》に一瞬気を取られたのが運の尽きだ。

連続攻撃の流れで残る一人に体当たりをかましつつ、両手は刀を龍尾《たつび》に返して斬りあげた。

大根のように左脚を斬り飛ばすと、相手の顔が苦痛に歪《ゆが》んだ。腿《もも》の切断面から大量の血をまき散らしながら、最後の剣客は地面に倒れる前に命を失った。

四人とも達人と呼んでよい剣客であった。だがこれは磨き上げた剣技を披露するような立ち合いではない。

修羅の老剣客が仕掛けたのは、合戦の場で鎧武者《よろいむしゃ》が見せるような粗雑な命の駆け引きだ。経験の差といえばそこまでだが、結果は四人とも討ち死にという無惨なものであった。

だが宗右衛門とて無傷ではなかった。

最後の相手は気圧《けお》されながらも逆手斬りをかけていた。その刀は横腹に深々と食い込んでいる。

「う……」

一気に刀を引き抜いた。

昨日、人知れず一人目の剣客を斃《たお》した時からもう命は捨てていた。

（いや、宗一郎の生まれた日より……その覚悟はしておったわ……）

失血で気が遠くなると刀傷の痛みで引き戻される。

（宗……一郎）

最後の力を振り絞り、未《いま》だ黒煙の立ち上っているわが家の方へ這《は》うように身体《からだ》を引きずって行った。

まだ燃えさかる家屋の前にうなだれた宗一郎を見た時、それまで張りつめていた糸が切れた。

(生きて……おったか)

宗右衛門はその場にくずおれた。

＊

「父上、父上」

息子の声で黄泉《よみ》の国から引き戻された。顔をくしゃくしゃにして泣いている。

「しっかりして下さいまし。母上に続き父上までも……」

(そうか……志津も……)

首を巡らすと周りに六体もの死体が転がっていた。

(こやつ……わし以上の剣鬼に……成りおった)

剣しか教えてこなかった。

否。

剣しか教えられなかった。

かつては「信濃一の剣豪」と謳《うた》われたこともあったが。

(剣しか……能がない)

他に生きる術《すべ》を知らぬのだ。仕方あるまい。

(志津は……嫌がっておった……な)

だが、宗一郎は見事に敵どもを討ち斃し生き残ったのだ。

(鬼に成り……おった)

その鬼が赤子のように泣いている。

(志津には……あの世で……詫《わ》びよう)

最期の刻が近づいてきているようだ。

「宗……一郎。これを、お前の……父の差料《さしりょう》を……受け取れ」

「國房《くにふさ》を……ですか」

この一振りが我が剣の中では一番の業物《わざもの》。先ほどの乱刃でも刃こぼれ一つしておらぬ。

それに、これは……。

「え……江戸に……江戸に行け。よいな」

そう言い遺すと宗右衛門は返事を聞く前に事切れた。
なりの大きな鬼は、父の亡骸《なきがら》にすがってしばらく泣き続けた。

第一話　秘密

一

勘吉《かんきち》がその侍を初めて見たのは、まだ松の内の明けぬ正月の寒い朝のことであった。

もう七つになる勘吉だが、たびたび寝小便をして両親に叱《しか》られていた。

もともと小便の近い性質《たち》で、毎晩寝る前にちゃんと用を足していても必ず目がさめてしまう。

その日も暁七つ半（午前六時頃）前から、小便がしたくてしたくて布団の中で悶々《もんもん》としていた。

おっ父はまだ高イビキだし、おっ母は産まれたばかりの妹を抱きかかえ、勘吉に背中を向けたまま起きる気配がない。

おっ母の背中越しに時おり、赤ん坊のせつが乳を吸うちゅうちゅうという音が聞こえてくる。

（せつはいいなぁ。オイラもせつみたいにここで小便しちまおうかなぁ）

せつが産まれてから、おっ母は朝の小便にはまるっきりつきあってくれなくなった。

夏ならともかく陽射《ひざ》しの弱い冬に、しかも松の内から寝小便などしようものなら、おっ父から大目玉をくらう。おっ父もこわいが寒くて薄暗い外へ行くのもこわかった。

遠くでかすかに木戸のかんぬきをあける音が聞こえたような気がした。

明け六つ（午前七時頃）を告げる鐘の音が聞こえる。

「おっ母。おっ母」

母親の肩をゆすってみたが、かえってきたのはイビキだけ。

松の内なので大工の父親の仕事は始まっていない。母親も朝寝坊だ。長屋中が眠りの中にあった。

（もうガマンできねぇ）

つっぱり棒を外し引き戸を開けて表へ出た。
寒いはずだ。
みぞれまじりの空模様で、まだまだ薄暗くあたりいちめん霞《かすみ》がかっていた。
一歩ふみだしたその時、霞の中からいきなり黒い影が現れた。
鬼だ。鬼が出た。
「うわっ」
横っとびに飛びすさり、着地と同時に小便をもらしてしまった。
「ああ……」
突然現れた黒い影は、鬼ではなく人だった。
背の高い若い男。
上下とも黒っぽい着物を着ていたから、鬼と見間違ってしまったのだ。
「驚かせてしまいましたか？」
影が口をきいた。
「すまぬ」とはいわないまでも声には謝意がにじんでいた。だが後の祭りである。
正月に仕立ててもらった袖上《そであ》げの着物をもう汚してしまった。
（お……お侍だ）

そうは思ったが、勘吉は相手をにらみつけずにはいられなかった。すごんでいるつもりだったが、黒目がちの目と紅《あか》い唇のせいで、泣くのをこらえている女児のようであった。

若い侍は苦笑した。妙になまっちろい……。おっ父の真っ黒な四角い顔、がっしりした身体《からだ》つきとは正反対だ。

「一緒に雪隠《せっちん》まで行きましょう」

「もう、おそいやい」

侍はその時はじめておもらしに気がついた。

「よしよし。某《それがし》を雪隠に案内してください。お前さんの着物も洗いましょう」

笑うと目が線のように細くなり、縁日で売っているキツネの面にそっくりだ。うむをいわさず襟首をつかまれ、そのまま長屋の奥まで連れていかれてしまった。

侍は着物を脱がすと井戸からくんだ水で、汚れたところを洗いながした。

「さむいよぅ」

「少しのしんぼうです。すぐ済みますから」

小さな着物のぬれた部分をぎゅうぎゅうしぼるとふたたび勘吉に着せた。

「動いてるうちに乾きますよ」

洗ったところはシワシワでうっすらと冷たかったが、これならおっ母にバレずにすみそうだ。

だがお礼をいう気にはなれなかった。そもそもこの侍に驚かされなければもらさずにすんだのだ。

「お前さんはこの長屋の子かな。名は何というのです？」

「か……勘吉」

「そうですか。某は瀬能宗一郎。これからこの長屋で世話になります。あとでお前さんの両親にも挨拶《あいさつ》にうかがいますが、よろしく」

「えっ……」

この長屋で、今ある空きは一つしかない。勘吉たちの隣だ。

そこの前の住人はひとり暮らしの偏屈な老人、左官屋の吾助《ごすけ》だった。

「……だった」というのは吾助爺《じい》さんはついこの前、といっても去年の話になるが、年末に死んでしまったからだ。

「ほぉ。勘吉さんはお隣さんですか……」

宗一郎は少し目を細めた。また目が線になりキツネのお面になった。

（きびのわりぃ侍……）

もう鬼と見間違えることはなかろうが、侍のクセに子どもの自分に「さん」付けする慇懃《いんぎん》な口のきき方が、ちぐはぐで座りが悪い。

「大家さんから中の所帯道具は一切合財《いっさいがっさい》つかってもよいといわれているのです。さっそく今日から住まわしてもらいます」

そういうと瀬能宗一郎はあくびをしながら、障子戸をあけ吾助のいた部屋に入っていった。

勘吉は、死んだ吾助爺さんの煎餅《せんべい》布団にくるまる宗一郎の姿を想像した。

二

勘吉たちの住んでいる長屋は神田白壁町《しらかべちょう》にあった。

神田という場所は元々が職人の町で、左官職が多く住んでいたから「白壁町」である。

昔ほど厳密に住み分けがなされているわけでもないが、今も神田は職人が多い。

勘吉たちの長屋もほとんどが職人で、「職人気質《かたぎ》」と真面目《まじめ》な生業《なりわい》を指す「堅気」

を引っ掛けて「かたぎ長屋」と呼ばれていた。

住人の半分は、大工・左官・鳶《とび》などの出職《でしょく》の者。四分の一が鍛冶《かじ》・鋳物師《いものし》などの居職《いじょく》の職人。残りは易者・儒者・医者見習いなどの少々怪しげな輩《やから》が住んでいた。

かたぎ長屋に瀬能宗一郎のような侍が住むのは初めてのことであった。

「お侍っていってもよ、浪人だろ。ちゃんとしたお武家様ってわけじゃねぇ。どこの馬の骨だかわかったもんじゃねぇよな」

留吉《とめきち》は新しい隣人をいぶかしがった。

「ちょいと。聞こえるよ。人にはそれぞれ事情ってのがあるんだよ。よく知りもしないのに、のっけから人様のことを悪《あ》しざまにいうもんじゃないよ」

りつが亭主をたしなめた。

ちょうど朝飯を食べ終えたばかりで、りつは赤ん坊をおんぶしながら皆のお椀《わん》を丁寧に拭《ふ》いて箱膳《はこぜん》の中に戻している。

留吉は仕事に出かける前の一服で、寝転がって煙管《キセル》をぷかりぷかりとやっていた。

勘吉は両親の話の成り行きに耳を澄ましていた。

勘吉とりつは顔がよく似ていた。くりくりした目と心持ち出っ歯なところが兎《うさぎ》を思わせる。

「莫迦《ばか》。居ねぇのがわかっているからいっているんだよ。だいたい奴《やっこ》さん何を生業にしているのか、とんと見当がつかねぇ」

「大方、どっかの道場の師範代でもやってなさるのじゃないかね」

「ふん。やっとうの先生ねぇ……」

正式に長屋の連中に挨拶回りを済ませた浪人・瀬能宗一郎であったが、亭主たち男連中には余り評判が芳しくなかった。

かたぎ長屋は裏長屋で、狭い路地をはさんで二十四世帯が暮らしていた。右棟の住人は出職と家族。左棟の手前が居職の職人たち。奥の方が「怪しい連中」の住《す》み処《か》となっていた。

当然、宗一郎は怪しい連中の内に入る。

「奴さんなんざ左の奥にすっこんでりゃいいんだよ。何でわっしの部屋《いえ》の隣なんだよ」

「大家さんが決めた部屋割りじゃないか。文句をおいいでないよ」

昼間は右棟の男連中は仕事で出払ってしまうので、残るのは宗一郎のみということになる。特に隣の留吉は気が気でない。

「わっしらの居ねぇ隙《すき》に女房連中にチョッカイでもだされた日にゃぁ……」

「莫迦なことといってんじゃないよ」

意外な悋気《りんき》をみせる亭主に胸の内では嬉《うれ》しく思いつつもいさめた。

だが、りつにしても考えは留吉と似たり寄ったりだ。新しい店子《たなこ》が白昼堂々不義をもちかけるとは思ってないが、宗一郎は確かに「不思議なお侍」だった。

挨拶回りでやってきた折りに言葉を交わしたのだが、さっぱり要領を得ない。

単刀直入に普段は何をしているのか尋ねてみたのだが、「剣術を少々……」とのみ。突っ込んで「どこで？」と質《ただ》したところ「江戸のあちこちで……」と、わかったようなわからないような答えであった。それで宗一郎の生業を「道場の師範代」と踏んだのだ。

相手の声の抑揚から江戸の在でないことは判《わか》ったし、言葉の端々に訛《なま》りがあることにも気がついた。田舎育ちだから純朴であるとは限らないが、留吉が危惧《きぐ》するような性根の悪い人間には見えなかった。

だいたいそのような人物であれば大家の与左衛門《よざえもん》がこの長屋に住まわせるわけがない。

どこでも大家といえば、たいがいわけ知りの老人だが、かたぎ長屋の与左衛門は一味違っていた。

小柄だが眼光が鋭くはつらつとした壮年で、大家というよりも火消しの親分のような風体をしている。気の荒い職人連中もこの大家には一目置いていた。

与左衛門は店子の生業を気にする大家ではなかったが、入居前の人選には厳しかった。

少なくとも宗一郎はその与左衛門のお眼鏡には適《かな》っているのだ。

他の女房連中の評判も悪くない。「長屋のお侍さん」は女こどもには受けがよかった。

ただ一人、勘吉を除いては……。

「おっ父。心配しなくてもいいよ。あのお侍はオイラが、見はってやる」

それまで黙って聞いていた勘吉が突然申し出た。

「ガキが生意気いってんじゃねぇ。大人の話に首を突っ込むな」

頭を引っ叩《ばた》かれたが、当人は本気だった。

実は宗一郎が越してきた次の日から、秘《ひそ》かに監視を始めていたのだ。

両親に見つからぬよう、隣の宗一郎側の漆喰《しっくい》壁を箸《はし》でほじり、小さな覗《のぞ》き穴をこしらえた。

留吉は昼間はいないし、りつも洗濯や子守りに忙しい。勘吉は心置きなく自分の仕事に精を出せた。

侍に怪しい動きがあったのは、監視を始めて十日余り経《た》った頃である。

朝五つ（午前八時半頃）。いつも通り部屋《いえ》にいるのは自分だけとなった。

辺りを見回してから息を殺して壁に顔をひっつけた。

覗き穴から見ると、瀬能宗一郎は静かに正座していた。

三尺（約九十センチ）ほど離れた箱膳の上に白い小さな瓶が載っていた。

（吾助じぃさんのだ）

白い瓶には真っ赤な実をつけた万両が一枝生けてあった。

吾助爺さんはよく季節の花を生け、神棚に飾っていた。

（へんくつだったけど、イキなところもあったっけな……）

宗一郎はその花瓶をじっと見つめていたが、風流どころか鬼気迫るものがあった。

つり上がった目をさらに細め、眉間《みけん》に縦皺《たてじわ》が入っている。

(やっぱりアイツは悪人にちげぇねぇ。あんなおっとろしい顔をしとるもの……)

隣の部屋一杯に充満している緊張感で薄い土壁が圧迫され、壁ごと押し出されていくような錯覚に襲われた。

息苦しさを覚えながらも目が離せない。

突然、圧迫感は打ち破られた。

ヒュッ……。

横一閃《いっせん》。

宗一郎は刀を抜いて横に払った。

……と思いきや右手首を返して縦一閃。

刀は花瓶の口の間近、万両の枝に触れるか触れないかの所で止まった。

宗一郎が静かに刀を鞘《さや》に戻すと同時に万両の枝はポトリと落ちた。

（なっ……なんだ、今のは？　なんかすげぇワザだったぞ）

宗一郎が図らずも披露したのは居合いであった。

それまで見たことのある剣術遣いといえば、神田須田町《すだちょう》にお使いに行った時、八辻《やつじ》ガ原《はら》にいた大道芸人くらいのものだ。

総髪に鉢巻きを締めた侍が「一枚が二枚、二枚が四枚……」といいながら懐から取り出した紙をあれよあれよという間に細かく刻み、終《しま》いには紙吹雪にしてみせていた。

宗一郎の居合いは見世物ではないのでそんな派手さはないが、それが紙を切り刻むためのものでないのは子どもにも解《わか》った。

宗一郎は鞘ごと刀を腰から外し、じっと愛刀を眺めていた。

優しく鞘をさすり鍔《つば》や柄《つか》を撫《な》で、再び抜刀した。

よほどの名刀なのであろうか。障子越しの弱い陽射しの中でも白刃がまばゆい。

やがて大きなため息をつくと、侍は刀を腰に差して出ていった。

勘吉は、宗一郎が長屋の木戸をくぐるのに充分と思われる間を待ってから主のいなくなった部屋《いえ》に忍び込んだ。

箱膳の上には、白い瓶と斬《き》り落とされた万両の枝が載っていた。

そっと膳に近づき、その切り口をよく見ようと万両の枝を手に取った。その時、拳《こぶし》が白瓶に触れた。

ビシャ……。

突然、白瓶が横に真っ二つに割れ、口のついた上部分が中に入っていた水をぶちまけながら膳の上に転がった。

「うわっ」

そのまま脱兎《だっと》のごとく、部屋《いえ》に逃げ帰った。

(おとろしいやつ……。おとろしいやつ……)

隣に侵入したことなど、もちろん両親には内緒だ。

それより宗一郎にバレやしないかと、おののきながらその晩を過ごした。

しかし誰からもとがめられず朝を迎えた。

恐る恐る監視を再開してみたが、せっかく空けた覗き穴は使えなくなっていた。

支柱に沿って畳から一尺(約三十センチ)の辺りに穿《うが》った穴は、木の板か何かを立て掛けられたようで向こうは見えなくなっていた。

使えなくなった穴を見つめ考え込んだ末、しばらく中断することに決めた。これ以上、壁に穴を空けて両親に見つかってしまっては元も子もない。

それから数日後。

かたぎ長屋に珍客の一団が現れた。四人もの侍が大股《おおまた》で狭い路地に入って来たのだ。

町屋に武士が行き来するのは珍しい風景でも何でもないが、職人の長屋に徒党を組んでやって来る侍などいない。

昼八つ（午後一時半頃）。

男連中は出払っており、女房たちは昼飯を済ませ井戸端でお喋《しやべ》りの真っ最中であった。

「瀬能宗一郎はおるか」

「出て来い。瀬能」

障子戸が開いて中から宗一郎が出てきた。

「一体何用ですか」

「我等は金助町《きんすけちよう》の永山撃剣場《ながやまげきけんじよう》の者だ。用向きは察しがつこう」

「ああ……。ここでは何ですから、中にお入り下さい」

大の男四人が狭い宗一郎の部屋《いえ》に、つっかえつっかえしながらも吸い込まれていった。

女房連中は路地の端に身を寄せて弥次馬になった。

ちょうどその時勘吉は井戸の横の物干し場で、隣の部屋《いえ》の鳶職人の子ヨシ坊と影踏みをして遊んでいた。見知らぬ侍たちが騒いでいるのを聞きつけると、反対側の路地に回り込んで自分の部屋《いえ》の中に飛び込んだ。

団子になっている侍たちが壁になって、おっ母たちから勘吉の姿は見えない。ヨシ坊も後に続いて飛び込んできた。

最後の侍が宗一郎の部屋《いえ》の敷居をまたぐと後ろ手で乱暴に戸を閉めた。

弥次馬女房たちはその音で一斉に首をすくめた。中で一体何が起こるのか、路地の端からでは解ろうはずもない。全員忍び足で宗一郎の部屋《いえ》に近づいた。

まくし立てる声が聞こえるが内容までは判《わか》らない。

さすがに障子戸に耳をつけて聞く度胸のある者はいなかった。

母親たちが路地でためらっている間に、子どもたちはちゃっかり部屋《いえ》の中で聞き耳を立てていた。

侍たちの話は大声なのでよく聞こえるのだが、宗一郎の方はくぐもっていて所々よく聞き取れない。

「それでは我等の腹の虫がおさまらぬ」

「貴様のせいで……貴様のせいで、老先生は倒れられたのだぞ」

「……が、亡くなられたのですか。……立ち合いは……していませぬが……」

「莫迦にするな。亡くなられてはおらぬ。貴様が帰った後、急に具合を悪くなされ臥《ふ》されたのだ。貴様があの時、素直に金子《きんす》を受け取って事を収めてくれておれば、老先生にいらぬ心労を負わせずに済んだものを……」

「……筋違いというもの。……目当てでは……」

「黙れ。黙れ。こんな貧乏長屋に住み暮らしておるくせに、一端《いっぱし》の剣客を気取りおって。貴様は素直に金を受け取っておけば良かったのだ。今さら後悔しても遅いぞ」

「……で、意趣返しという……困りましたね。……では場所と日を……ええ、この部屋《いえ》はもう……逃げも隠れも……」

「……の件なら、もう……」

「よぉし判った。明朝、明け七つ半。八辻ガ原近くの稲荷だな。違《たが》えるなよ」

唐突に話し合いは終わり、勢いよく障子戸が開いた。

中の様子をうかがっていた女たちは、驚いて一斉に井戸端まで逃げた。

「フン」

辺りに一瞥《いちべつ》をくれると侍の一行は、やって来た時と同様に賑《にぎ》やかに去っていった。

入れ違いに、長屋の奥に居を構える大家の与左衛門が宗一郎のところにやって来た。

与左衛門も宗一郎もぼそぼそと言葉を交わしているので、隣で聞いている勘吉たちにも今度は何を喋っているのかさっぱり判らなかった。

ほどなく与左衛門は井戸端まで来ると女房連中にいった。

「何も心配することはねぇ。揉《も》め事は先の話し合いでカタは付いたそうだ。亭主たちに無用な心配させるなよ。同心や岡《おか》っ引《ぴ》き連中にも余計なことはいわんでもいいからな」

江戸の町人は詮索《せんさく》好きで噂話《うわさばなし》が大好きである。狭い長屋に肩を寄せ合って暮らしているのだ。秘密の保持というのがそもそも難しい。

お上の手をわずらわすようなことをすれば、隣近所まで累が及ぶ。不始末な店子がでたら大家は町奉行所まで同道しなければならない。誰もが他人事《ひとごと》では済まされないのだ。この濃密な地域社会では「他人事」と「我が事」の垣根は低くあいまいであり「世間様の目」がどこでもついて回った。

新参者の店子宗一郎の一件は大家与左衛門が問題なしと請け合ったのだからこれで落着である。

そうでないことを知っているのは、当の宗一郎と勘吉のみであった。

三

翌朝、勘吉は暁七つ半少し前（午前五時半頃）には尿意《にょうい》をもよおし目が覚めてしまった。

明け方とはいえ辺りはまだ真っ暗である。だがどうにも我慢できず表へ出た。

外は霞がかっていた。

雪隠《せっちん》へ行くのが怖いのは、死んだ吾助老人の部屋《いえ》の前を通らなければならないからだった。

だが新しい隣人も怖い。怖いというよりも不気味だ。

得体のしれない怪しい剣術遣い。

死人と怪人。

どっちもどっちだが、生身の人間である宗一郎の方には反発も覚えた。

(負けてられるか……。オイラはよわむしでねぇ)

足早に宗一郎の部屋《いえ》の前を通り過ぎて、雪隠の小便溜《しょうべんた》めで勢いよく用をたした。

(なんてこともねぇ。もうあんな浪人こわくもなんともねぇや)

達成感と満足感で足取りも軽く雪隠を離れた。部屋《いえ》の前まで来たその時、宗一郎の部屋《いえ》の障子戸が開いた。

(で……でた)

侍は雪隠でなく長屋の出入り口の木戸に向かった。

直感的に後を追うことを思いついた。

宗一郎はそっと木戸のかんぬきを外し、通りに出るところであった。

見つからないように用心しながら尾行を開始した。

あまり近づきすぎると危ないが、離れすぎると追いつけなくなる。たちこめる靄《もや》はちょうどよい目隠しだが、相手を見失いかねない。

宗一郎はいつも通りの黒っぽい格好で首のまわりに豆絞りの手ぬぐいを巻いている。

その手ぬぐいを目印にして付かず離れず後をつけた。

やがて神田須田町の筋違御門《すじかいごもん》の前、八辻ガ原のすみにある稲荷神社の境内に入って行った。

勘吉は神社の参道の植え込みに隠れ、境内が見渡せる所まで腹這《はらば》いになって進み様子をうかがった。


「待っていたぞ。瀬能宗一郎」

聞き覚えのある声。昨日の侍だ。

辺りはまだまだ暗いが、それでも少しずつ空は白んできていた。

境内には影が五つ。中で頭一つ高い影は宗一郎だ。

「止《や》めましょう。互いになんの恨みもありません」

「ふざけるな。その方にはなくとも、こちらにはある。尋常に勝負せい」

「四人掛かりが尋常ですか……」

「黙れ。黙れ」

四人はいきり立った。

対する宗一郎は落ち着き払っている。どこか余裕すら感じさせた。

その場にしゃがみ込み、首の手ぬぐいを外すと拳半分ほどの石塊《いしくれ》を拾って包んだ。

立ち上がった時には右手の指に手ぬぐいの端を引っ掛けてぶら下げていた。

「参られよ」

「でぁぁぁっ」

白刃を閃《ひらめ》かせた影法師が真っすぐに、棒立ちの長い影法師に斬り込んでいく。

振り降ろされた刀が宗一郎を頭から真っ二つにするかと思いきや、いとも簡単に身を躱《かわ》した。

左脚を半歩引き半身をひねっただけで、相手の太刀は空を切った。

勢い余った相手が目の前を通りすぎる瞬間、宗一郎は右手の手ぬぐいを鎖分銅のように回し相手の左手首を打ち据えた。

「ぎゃっ……」

相手は刀を落とした。

宗一郎はすかさず近づき落ちた刀を蹴《け》った。

足の甲に刀の峰を乗せてすくい上げたので、刀はきれいな弧を描いて飛び参道に落ちた。石と鋼のぶつかり合う音が響く。

「佐々木《ささき》」

「佐々木、大丈夫か」

仲間の声に、刀を落とした佐々木は「構わぬ……。二人掛かりでも三人掛かりでもいいから仕留めろ」と大声を張り上げた。すぐさま脇差《わきざし》に手が伸びないのは左手が痺《しび》れて使えないかららしい。佐々木はうずくまったままだ。

「おのれ……」

「ぬりゃあああ」

第二陣は二人が左右同時に抜刀して攻めかかった。

宗一郎は手を地に着けることなく左に側転。

身体《からだ》が宙に浮いて回転し横の位置に着地すると腰を落として、そのまま手ぬぐいで迫ってきた相手の右脛《すね》をしたたかに打った。

腰を落とした姿勢のまま倒れた相手を飛び越え、今度は両手を突いて前転。

ちょうど振り向いた左側の相手の懐に飛び込むと、起き上がりざまに低い姿勢からの胴払い。

手ぬぐいの中の石塊が深々とみぞおちに入り、左側の侍はもんどり打って倒れた。

すっくと立ち上がった宗一郎はパンパンと着物を叩《はた》いてホコリを払った。

植え込みの陰から成り行きを見ていた勘吉は、たちまちに三人を捌《さば》いた宗一郎の動きに思わず見とれてしまった。

（トンボきったり、ころがったり、役者みてぇだ……）

子どもの目にも腕の違いは明らかだった。

「金子《かねこ》。吉田《よしだ》。だ……大丈夫か」

どちらが金子でどちらが吉田だか分からないが、二人ともまだ動けず返事も出来ない。佐々木はへたり込んだままだ。

「ひ……卑怯《ひきょう》だぞ。剣を抜け。剣術で勝負しろ」

残る一人は真剣勝負を要求してきた。

「抜きませんよ」

だが最後の一人も今さら後に引けるものではない。

手ぬぐい一本で仲間がいいようにあしらわれたのだ。

せめて一太刀。一矢報いねば……。

「うわあぁぁぁぁっ……」

最後の相手は、剣を上段に振りかぶり遮二無二に突進してきた。

宗一郎は手ぬぐいを左手に持ち替えると頭上に振りかぶり、剣のように振り降ろしながら手を放した。

手ぬぐいは矢のように一直線に宙を走り、突っ込んでくる相手に命中した。

額を割られのけ反り、相手はそのまま尻餅《しりもち》をついた。

境内に立っているのはもはや宗一郎のみ。他の者たちはうずくまるかへたり込むかであった。

「これで終《しま》いにしませんか」

相変わらずの丁寧な言葉遣いで宗一郎はおごそかに語りかけた。

「某《それがし》がお手前方の道場を訪ねたのは、真に剣術の指南を乞《こ》うてのこと。他意はございませぬ。勝負は時の運と申します。彼《か》の日もたまたま某の方にわずかに武運があっただけのことでございます。今日も……」

実力の差を身をもって思い知ったばかりの四人はうなだれたままだった。

「某は剣術修業のため、いろいろな稽古場に指南を乞うておりますが、お手前方の稽古場は良い稽古場に思います。某が訪れたことが元でお手前方の老師に障りがあったのは、某の本意ではありませぬ。不慮のこととはいえ申し訳なく思います」

宗一郎の言葉に佐々木が泣き出した。

「老先生は情の厚い立派な師匠のようでございますね」

今度は他の三人も泣き声をあげた。

「互いに遺恨を持ち合う間柄ではありますまい。今朝の一件は互いの胸にしまって、これまでのことは水に流しましょう。某は二度とお手前方の稽古場には足を向けません。お手前方ももう某の長屋には来ないで頂きたい。どうです」

四人とも嗚咽《おえつ》を漏らしながら頷《うなず》いた。

武士はとかく世間体を気にする。己の沽券《こけん》にかかわることは命懸けでそそがねば面目が立たない。醜聞が外に漏れるなどあってはならぬことであった。宗一郎と四人組との示談は事の顚末《てんまつ》を誰にも見られていないという前提で成り立った。

四人はすごすごと参道を引き上げ朝靄の中に消えていった。

しばらく宗一郎は境内に残った。手ぬぐいを拾い、再び石塊を包んでじっと待った。

四人が引き返して来るのを……。

あるいは四人が待ち伏せを諦《あきら》めるのを……。

これ以上何も起こらぬと確信できるまで立ち尽くしていた。

靄が晴れいよいよ夜が明けてきた。

包んでいた石塊を捨て、豆絞りの手ぬぐいを再び首に巻くと大きくため息を吐いた。

「帰りましょう。勘吉さん」

いきなり名指しされ勘吉は植え込みの中で腰を抜かしそうになった。

四

八辻ガ原の稲荷神社からの帰り道。二人は並んで歩いた。

勘吉はばつが悪かった。

（……オイラをどうするつもりだろう？）

少し不安にかられ、宗一郎の顔と刀を交互に盗み見た。口元がかすかに笑っているように見える。

（クソッ。こわくねぇぞ。どうにでもしやがれってんだ）

「勘吉さんは、なかなか油断なりませんね」

「オ……オイラがいるのが分かっていたなら、おっぱらえばよかったじゃないか」

「尾《つ》けてくる者がいるなどと思いもしなかったのです。途中まで気がつきもしなかった……不覚です。追い返して長屋で騒ぎ立てられても困るし、あの境内で先方に見つかっても厄介でした。だから知らぬ振りを決め込ませてもらいました」

最初から見抜かれていたと思うと、顔が赤くなった。

「あ……あいつらを、うまくいいくるめたじゃないか」

「某も必死です」

穏やかな口調から折檻《せっかん》される心配はなさそうだと安心した途端に、今度は好奇心が湧《わ》いてきた。

「なんでアンタは刀をぬかなかったんだ？」

「誰もつまらぬことで命のやり取りまでしたくはないでしょう。僧侶《そうりょ》でなくとも無用な殺生は避けるものです」

「あいては四人だ。刀もぬいてた。アンタは吾助じいさんの花ビンだってまっぷたつにできるんだ。アイツらなんか……」

「やはり……あれも見ていたのですか。やれやれまたもや不覚。お前さんは本当に油断なりませんね」

言わずもがなの自白に、しまったと思ったが後の祭りだ。泡を食っている勘吉に宗一郎がたたみかけた。

「もしあの場で斬り合いになって……よしんばあの四人を殪《たお》したとしても……お前さんに番所に駆け込まれでもしたら一番厄介でしたからねぇ」

「オ……オイラのせいだってのか。オイラがいたせいで刀がぬけなかったっていうのかよ」

「いいえ……」

静かに呟《つぶや》いた宗一郎は腰から鞘ごと刀を外した。

親指でグッと鍔を押し鯉口《こいぐち》を切ったが、しばらくそのままの姿勢で固まっている。

見れば眉間に深い皺《しわ》を寄せ、鬼と見間違ったあの顔つきをしていた。

（さっきより、よっぽどこわい……）

唾《つば》を飲み込む音が静寂を破る。

目の前で刀が抜かれた。

鈍いぼんやりとした銀色の刀身が現れた。

鍛えた鋼の色ではない。遠目では判らぬが近くで見れば一目瞭然《いちもくりようぜん》、偽刀だ。

薄く削り出した竹べらの刀身に銀箔《ぎんぱく》を押した代物。

いわゆる「竹光」である。

「にせものだ。オイラが見たヤツとはちがう。じゃあアンタ、アンタはこんなものでアイツらと……」

「竹光では人が斬れぬと思うのであれば、剣客などやめた方がよいでしょう」

宗一郎は安っぽい竹べらの刀身を鞘に収めると悪戯《いたずら》っぽく笑った。

「このことは二人だけの秘密です」

明け六つ（午前七時頃）。

本石町の時の鐘が江戸の一日の始まりを告げた。

始まったばかりの一日だが、もうへとへとだ。早く家に帰ってまた布団にくるまりたい。かたぎ長屋の木戸をくぐった時は心底ホッとした。

家の前まで来るともう一度、念を押された。

「二人だけの秘密ですよ」

宗一郎はうっすらと笑っている。

(やっぱり、キツネのお面ににてらぁ)

得体のしれない白いキツネは、出てきた時と同様、音もなく障子戸の向こうに消えていった。

第二話　物怪

一

コン、コン、コン。
木で鋼を叩《たた》く心地よい音がする。
神田白壁町かたぎ長屋の大工留吉が道具の手入れをしていた。
カン、カン、カン。
木槌《きづち》で鉋身《かんなみ》の頭を叩き、刃先の出具合の調整をしている。
勘吉は、おっ父が大工道具の手入れをする様を見るのが大好きであった。
明け方から豪雨で、春の嵐《あらし》が長屋の屋根を賑《にぎ》やかにかき鳴らしている。
出職《でしょく》の職人連中は軒並み休みである。

常日頃から留吉は商売道具の手入れに余念が無い。休みともなれば特に念入りにするのが習慣であった。

「おっ父のはいつも、ぴっかぴかだね」

「おうよ。こいつらはわっしの命の次に大事な商売道具よ。いいか勘吉。どんな商売でも手前《てめえ》の道具を大事にできねぇようなヤツは決して一流にはなれねぇ」

指で先丸鋸《さきまるのこ》の鋼板を弾《はじ》くと琵琶《びわ》の音色のように響いた。

「なぁ、おっ父。お侍もおなじかな？」

「お侍？　お武家様なんてもっと大変だぞ。刀は武士の魂っていうくらいだからなぁ」

「たましい……」

「つまり、お侍にとって刀は命と同じってことよ。手前の命を預けるわけだから見方によっちゃ命より大事かもしれねえなぁ」

「ふーん……」

勘吉は、隣人瀬能宗一郎に思いを巡らせた。

長屋で唯一の侍で剣の腕は立つ。一流の剣客といえそうなのに差料《さしりょう》は竹光であった。

だがそれは二人だけの秘密であり、宗一郎からは口外しないように念押しされていた。

(なんで竹光なんだ? アイツはあんなに強いのに……道具はニセモノだ)

一日中降り続くかと思われた雨は午後には止《や》み、曇り空に変わっていた。

りつは背中で寝ていたせつを座布団の上に降ろした。せつは母親から離れてもぐっすりと眠ったままである。

「勘吉、あんた手習いに行っておいで」

りつが唐突にそういい出した。

「えっ。でももうお昼はとうに過ぎているよ」

「いいから行っておいでよ。雨も上がったんだし」

「や、やだよ。今日はおっ父も休みだし、オイラ、おっ父と遊んでたいよ」

「気が利かない子だね。いいからお行きよ」

りつは亭主に何やら目配せし、留吉は鼻でクスッと笑って応《こた》えた。

「おおっ、そうだ。勘吉、おっ母のいう通りだ。お前、手習いに行ってこい。通い始めたばっかりなんだから、雨ぐれぇで休んじゃなんねぇぞ」

おっ父が止めてくれると当てにしていた勘吉はがっかりである。

「おっ父とおっ母は用事があるでな。いろいろ忙しいんだよ。お前、早く手習いに行ってきな」

「わ、わかったよぅ」

何か釈然としないものを感じながら勘吉は表へ出た。

手習いというのはいわゆる寺子屋のことである。江戸市内に千ヶ所近くあり、全《すべ》て私塾であった。子どもが数えで七つか八つになると親は手近な師匠の許《もと》に入門させるのだ。勘吉は今年の初午《はつうま》に入門したばかりであった。

午前中の豪雨のせいで通りはぬかるんでいた。履いていた下駄はすぐ緒まで泥につかってしまった。

（こんな泥ぼっけの足じゃ先生だってイヤがるにきまっている）

二

上白壁町にある「三法堂《さんぽうどう》」というのが勘吉の通う手習所であった。

「おや、来たのかい。泥をよく落としてから上がってきてちょうだいな」

女師匠のお倉《くら》に声をかけられ、申し訳ない気持ちで一杯になった。広めの沓《くつ》ぬぎに、水の張ったタライが置かれている。下駄ごと足を突っ込んですすぐと、雑《ぞう》巾《きん》で足を拭《ふ》いてから部屋に上がった。

「三法堂」はお倉の実家である。両親は他界しており、家の主人はお倉である。大変な才媛《さいえん》で、四書五経を諳《そら》んじ算術も八算《はっさん》から平方術までこなした。女児には裁縫も教えている。頭が良すぎるのを疎んじられてか、一度大きな商家に嫁いだものの離縁していた。出戻ってからは実家で手習所「三法堂」を開き、以来一人で切り盛りしていた。

女師匠のお倉は主に女児を受け持ち、男児の指南は伯父《おじ》の法元《ほうげん》があたっていた。法元は湯島にある枳殻寺《からたちでら》（麟祥院《りんしょういん》）の役僧で、初老で骸骨《がいこつ》のように痩《や》せている。出戻り女主人の姪《めい》を気遣って内職で手習師匠を買って出たのだ。一日置きに湯島から神田まで出向いてくる。

「今日はずいぶんと遅い出仕だの」

生きた骸骨がカカカと乾いた笑いを投げかけた。

「すいません。法元先生……」

「謝ることはない。雨にもかかわらず熱心で結構。志が高いのは善いことじゃぞ。

勘」

法元は入門してまだ日の浅い勘吉をことの外《ほか》かわいがっていた。同じ日に入門した誰よりも物覚えがよく器用だった勘吉は、三日足らずで「いろは」を覚えて達者に書けるようになっていた。

「どうじゃな勘。せっかく遅くに来たのだ。今日は算術でもやってみるかいの」

豪雨のせいで門弟は少なく、先生はお気に入りの勘吉にかかりきりで和算の初歩を教えた。期待通り吞《の》み込みが早かった。

「勘は先々、何になるつもりかな」

「大工」

「大工か……。大工も悪くはないがなぁ……」

「オイラりっぱなとうりょうになりたいです」

「棟梁《とうりょう》か……。それも悪くはない。しかしなぁ……」

「伯父さん」

女の子がひとりも来ていないので一緒に算術を教えていたお倉が割って入ってきた。

「勘ちゃんは大工の子です。さらって麟祥院の小僧なんかにしないでくださいね。

三法堂が潰《つぶ》れちゃいますよ」

「わかっておる。わかっておるよ。しかしなぁ……」

勘吉に学才の萌芽《ほうが》を見てとった法元は、何とも惜しい気がして細い人差し指の爪《つめ》を噛《か》んだ。町人である子弟の多くは、数年すると奉公に出てしまい手習所から足が遠のく。学の道を志す者など皆無といってよい。

「ああ……まるで賽《さい》の河原じゃな」

指をくわえる姿が物欲しげな地獄の餓鬼、あるいは妖怪《ようかい》のしゃれこうべにそっくりだ。

（オイラのまわりは、もののけみたいなヤツばっかりだな）

法元先生はあの世からの使いで、隣の宗一郎は九尾《きゅうび》の白狐《びゃっこ》が化けているのだ。

昼八つ（午後二時頃）には算術も終わり、勘吉は博識のしゃれこうべに見送られ「三法堂」を後にした。

空は相変わらずどんよりとした曇り模様、人もまばらで道はぬかるんだままだった。

また下駄を汚すのも嫌なので、着物の背中と帯の間に挟んで裸足《はだし》で帰ることにした。ぶにゅぶにゅと足の指と指の間をせり上がってくる泥が心地よい。

(行きもこうすりゃよかった)

通りで五間(約九メートル)先に見覚えのある後ろ姿を見つけた。

紺の小袖《こそで》に小豆色の袴《はかま》、黒塗りの菅笠《すげがさ》をかぶった浪人。

間違いない。白狐の化身瀬能宗一郎だ。

突然、後をつけることを思い立った。

長屋は半ば追い出されたのだ。少しくらい寄り道して遅くなっても怒られまい。

「三法堂」に通うようになってから、すっかり宗一郎の見張りが出来なくなっていた。これは千載一遇の好機である。

(今日こそはしくじらねぇぞ)

朝から雨の中を出歩いていたのだろうか。黒塗りの菅笠になまっちろい襟足が妙に目立っている。宗一郎は立ち売りのしるこ屋に寄った。

雨上がりで人通りは少ないものの肌寒いせいか、店は結構繁盛していた。立ってしるこをすすっている客が数人。お椀《わん》から温かそうな湯気が立っている。宗一郎も椀を口に運んでいた。

いかにも旨《うま》そうな様子を見ていたら小腹がすいてきた。

（いいなぁ……。あったかそうだなぁ）

グイと飲みほすとまたブラブラと歩き出した。

どこへ向かっているのか見当がつかないが、とうにかたぎ長屋の表を過ぎ日本橋の方向へ進んでいた。宗一郎は全く後ろを振り向く気配が無いので、大胆に間を詰めてみた。十歩ほど後ろにつけ、表店《おもてだな》の置き看板や天水桶《てんすいおけ》の陰に隠れながら追う。

宗一郎の足が再び止まった。今度は立ち売りの団子屋だ。

（なんだ。また食い物か。しかもあまいモノばっかり……）

団子屋は表通りの角で屋台を広げていた。

粗末な床几《しょうぎ》を向かい合わせに二組用意してあったが、客は宗一郎のみだ。うまい具合にこちらに背中を向けて腰かけていた。

更に大胆な行動に出てみた。

団子をほおばる宗一郎のすぐ後ろをかすめて、角にある天水桶の陰に身を隠したのだ。

皿の上に黒っぽい団子の串《くし》が並んでいる。全部、あん団子だ。

（男のクセにあまいモノが大好きなんだ。それにしても……うまそうだな）

「一緒に食べましょうよ。勘吉さん」

いきなり名指しされその場に固まった。くるりと振り向いた宗一郎は笑っていた。

目が合った時、驚きより悔しさが先にたった。

「アンタはせなかに目がついてるのかよ？」

「でもないです。しるこは奢《おご》り損ないました。これは勘さんに食べさせてやろうと思ったのです」

逃げ隠れするには間を詰めすぎていた。勘吉は素直に床几に腰掛けた。

「クソッ」

ちゃんと履き直した下駄のつま先を地面に突き立てた。下駄のつま先でぬかるんだ泥をひとすくい。足を振ると泥は一塊になって飛び、通りに落下して爆《は》ぜた。

ビシャッ……。

（やっぱりこの人は、ふしぎな力や術をもっているのかな？）

あん団子をほおばりながら、つい刀を盗み見してしまう。

「もう誰かに話してしまったのですか？」

「は……は……話してないやい。や……約束だろ」

「でも気になって仕方ないのでしょう」

図星を指されて黙り込んでしまった。

「よしよし。お前さんの納得のゆくように真実を話してあげましょう。いうまでもないがこれも他言無用です」

にわかに空気が張りつめる。

「某《それがし》は……実は剣鬼なのです」

「け……けんき？　けんきってなに？」

「剣の鬼のことです。剣に憑《つ》かれた者がなる鬼……それがすなわち剣鬼です」

「けんの……鬼」

頭の中で仁王像が思い浮かんだ。

仁王は千手観音のようにたくさんの腕がはえており、一本一本の手に大小様々な剣を持っている。頭上にはきつねの面をいただいて忿怒《ふんぬ》の相をしているのだ。

「そんなばかな……いるわけないよ。そんな鬼……」

勘吉は言いかけて思わず口をつぐんだ。

宗一郎の横顔が余りにも真剣だったからだ。

「鬼が人の世で暮らそうと思ったら、角《つの》を隠し人になりきらねばなりませぬ。だが鬼は捨てられても剣は捨てられぬ……。ここが剣鬼の剣鬼たる所以《ゆえん》です。剣は捨てられぬが人を斬《き》れば、たちまち鬼に逆戻り。思い悩んだ末に某は己の刀を封じることにしたのです」

宗一郎が人知れず夜更けに近くの稲荷神社で、呪文《じゆもん》を唱えて真剣を竹光に変える様子が思い浮かんだ。

「う……うそだい。そんなこと……」

「嘘《うそ》ととるか真実とみるかは勘さんの好きにするといい。ただし今の話、くれぐれも他言無用です」

宗一郎には何か常人ならざるものを感じつつも、本人から「鬼だ」などと聞かされても到底信じられない。

（オイラをからかっていやがるんだ）

見上げると宗一郎は髷《まげ》を風になぶらせるままにしていた。

豪雨は止んだものの、風はそのままの横殴りで江戸中に吹きすさんでいた。

「ところで勘さんはどこに行くつもりだったのです？　何かお使いの途中ではなかったのですか」

「ちがわい。そんなんじゃないやい。オイラはさんぽう堂の帰りにアンタを見つけたんだよ」

「さんぽう……堂。三方……算法……三法堂。手習所のことですね。そうか、勘さんは手習所に通い始めたのですか。雨は上がったがこのぬかるみです。真面目《まじめ》に通っているのは感心ですね」

「ま……まあね」

「どんなことを習っているのですか？」

「きょ……今日はこれ。これを習ったんだ」

真面目に修学してきた証拠を見せようと慌てて硯箱《すずりばこ》を開け、中から真っ黒になった半紙の束を取り出した。

しかし折からの強風が半紙の束をもぎ取り、紙束は通りに舞った。埃《ほこり》が舞わない分むしろ心地よい春の嵐であったが、半紙はクルクルと舞い人通りの少ない往来の真ん中に……。

「あっ」

なんと、ちょうどそこを通りかかった侍の一行の高いところ……、馬上の主人らしい人物の顔に見事に貼《は》り付いてしまった。

三

「余の顔に墨を塗りつけるとは一体どういう腹づもりじゃ」

甲高い怒声が通りに響き渡った。

手習所で使う半紙は、もったいないので何度も重ね書きするのが常である。濡《ぬ》れ雑巾を顔に投げつけられたのと同じで怒るのも無理はないが、貼り付いた半紙を剝《は》がした顔にはうっすらと字が隈取《くまど》りされ、いささか滑稽《こっけい》であった。

「余を神君家康公の末裔《まつえい》、松平昌之進《まつだいらまさのしん》と知っての狼藉《ろうぜき》か」

あまりの剣幕に勘吉は棒立ちとなり震え上がった。

すかさず宗一郎が侍一行に歩み寄り、迷うことなくぬかるみにひざまずき土下座した。

「申し訳ございません。よもや御尊顔を汚してしまうとは思いも寄りませんでした。決して故意ではございませんがとんだ粗相をいたしました。平にご容赦《ようしゃ》ください」

「ごめんなさい。ごめんなさい。お武家様。ぜんぶオイラが悪いんです。でもワザとじゃありません」

（戻りなさい。話がつくまで出てきては駄目です）

宗一郎が二人にしか聞こえぬ声で叱責《しっせき》したが時すでに遅く、馬上から高飛車な声が降ってきた。

「小童《こわっぱ》。余に汚れ紙を投げつけたのはお前か」

カマキリを思わせる風貌《ふうぼう》が、いかにも狭量で底意地が悪そうだ。

「某にございます」

「お主には聞いておらぬ。余が知りたいのは、一体どこの誰がこの松平に泥を掛けたかということだ」

素直に謝罪したのに、しゃしゃり出たことでかえって窮地に立たされてしまった。

「そこの団子屋。この松平昌之進の顔に汚れ紙を投げつけたのはどちらじゃ。正直に返答いたせ。さもなくば手討ちにいたすぞ」

団子屋は答えに困って口ごもった。額には脂汗が滲《にじ》んできている。

宗一郎が改めて侍の一行を盗み見た。馬上のカマキリ主人、若党の侍二人、挟《はさみ》箱《ばこ》持ち、槍《やり》持ち、馬の口取り、草履取りの計七人。それなりに身分の高い名家の若様と察せられたが、松平家の者にしては供連れの数が少ない。

やたら「松平」「松平」と連呼しているが羽織の紋は葵《あおい》の紋所ではなかった。

（はて……？）

「団子屋。余の声が聞こえぬか」

「こ……小僧のようでございますが、真の下手人はこの風でさぁ。春風の悪戯《いたずら》ってやつで決してお武家様……松平様を狙《ねら》ったわけじゃございやせん」

「そこになおれ小童。まずお前の方から手討ちにいたす」

自称松平が刀の柄に手をかけたので、脇に控える若党たちが慌てた。

「若様。天下の往来ですぞ。どうかお怒りを鎮め、若様の寛大なお心をお示し下さい」

「些細《ささい》なことで年端のいかぬ町人の子をお手討ちになどなされば、どのような尾ひれが付き天下に流布されるか知れたものではございませぬ。さすればかえってご家名に傷が……」

「黙れ。たとえ小童といえども松平の顔に泥を掛けおったのだ。これを些事《さじ》と申すか」

鼻息の荒い主人に圧倒されたのか若党は口をつぐんだ。そして一瞬の沈黙の後、いい出しにくそうにおずおずと切り出した。

「若……。もはや松平の名は口にしてはなりませぬ。あなた様は今や小早川《こばやかわ》家の若様であらせられ……」

「黙れ黙れ。下郎が。利いた風なことをぬかすでないわ」

激昂《げきこう》した若様は、諫《いさ》める家来を突然斬りつけた。

「あうっ」

馬上から一太刀浴びせられた若党は、肩を浅く斬られ宗一郎の前で尻餅《しりもち》をついた。

＊

「あっ……斬りつけやがった。まずいですよ。大三郎《だいざぶろう》様……」

「まあ待て、源次《げんじ》。今しばらく様子見だ」

この騒動をほぼ始まりから見ている一行があった。

騒ぎが起こっている場所から二十間（約三十六メートル）ほど後方で、白馬に乗った武士と槍持ち中間《ちゅうげん》の二人組が事の顚末《てんまつ》を静かに見守っていたのである。

馬上の侍は人目を引く派手な身なりをしていた。

大きな白黒の市松模様柄の小袖を、肩口から両袖を切り落としている。袖無しの着物も奇異だが、市松模様が大き過ぎて雑巾を貼り付けたようにしか見えない。浅葱《あさぎ》色に白の縦縞《たてじま》の入った鮮やかな袴で、白馬と合わせると舞台衣装と見まごうばかりである。

だが当の本人は醜男《ぶおとこ》であった。

色黒で短軀《たんく》。そのくせ腕だけは人より手のひら一つ分は長い。

まるで猿回しの猿のようだが、これでも歴《れっき》とした旗本。由緒正しい御輿《みこし》家の三男坊、大三郎その人であった。

供連れは槍持ちの中間ただ一人のみ。

名は源次といって、役者のような男前であるが、主人とお揃《そろ》いのおかしな出立《いでた》ちであった。

同じ装束を着ているから余計に大三郎の醜男振りは際立ち、源次の美男振りが引き立っていた。

旗本の次男三男などというと暇をもて余している連中ばかりである。

御輿大三郎もその口であったが、この男独自の暇の潰《つぶ》し方を編み出していた。

金色の槍をお気に入りの中間源次に持たせ、来る日も来る日も大江戸八百八町を自警巡回しているちょっと名の知れた傾奇者《かぶきもの》であった。

目の前で揉《も》め事が起これば真っ先に割って入り大見得を切って見せるのが常なのに、こんな絶好の好機をだまって見物とは全くらしくない。

「本当によろしいのですか。ご仲裁に入られなくて……」

「まぁ見ておれ。二十間と離れておらぬ。割って入るのはいつでもできる。それよりあの浪人風の男……どう切り抜けるつもりか」

「はぁ……」

「源次よ。あの浪人、相当できるぞ」

「左様でございますか……。手前にはずいぶん及び腰に見えますが」

「そこが曲者《くせもの》よ。さっさと土下座するところなんぞいっそ潔いが、しっかり菅笠を持ったままだ」

「はぁ」

「彼奴《きやっ》は今、面《おもて》を上げておるが菅笠は何気なく膝《ひざ》の上だ」

「左様でございますな……」

「分からぬか。あれでは彼奴の手の動きが全く読めぬ。菅笠の下で掌《てのひら》を閉じているのか開いているのか……。ソロリと右手で鯉口《こいぐち》を切っているやもしれぬ。面白いな」

（あやつ……人を斬ったことがあるな）

通りで臆面《おくめん》もなく土下座している浪人を見てそう喝破した。

（生涯一度も刀を抜かぬ侍も多いご時世だというのにのぉ）

大三郎は見ず知らずの浪人者に一方的に親近感を持った。

「おっしゃる通り侍同士なら何とかなりましょうが、馬上のお侍が万が一、小僧に斬りつけでもしたら……」

「む……。まさか、いくら何でも。いや待てよ。馬上で騒いでおるのは……あれは小早川か」

高みの見物と決め込み鐙《あぶみ》を外していたが再びつま先を鐙に入れた。

＊

「誰が面を上げてよいと申した。頭が高い、控えぬか。この不逞《ふてい》浪人の屑《くず》めが。成敗してくれるぞ」

カマキリ侍はますます興奮している。もう目つきが普通ではない。

「余のいうことが聞こえぬか。この下民が」

勘吉が恐る恐る宗一郎を見ると、正座で相手を見据え冷や汗ひとつかいていない。

（ぬ……ぬくのか）

恐怖よりも宗一郎が鬼に変化して悪いお侍を討ち取るという期待、希望が胸に膨らんだ。

カマキリ侍は悪党そのものだ。ヤクザ者だってもうちょっと筋の通った因縁をつけるだろうに。こんな無体な殺生なんてお天道《てんと》さまが許すはずがない……。

「ただの脅しと思うてか。この下賤《げせん》な食い詰め浪人めが」

宗一郎は全く動じていなかった。顔色ひとつ変えない浪人者にカマキリ殿下が焦っている。

「おのれ、江戸を汚すゴミ侍めが。余の刀にかかって果てるが誉《ほま》れと知れっ」

馬上のカマキリ侍が鯉口を切ったその刹那《せつな》……。

「待て待て待て。止《や》めんかーっ」

全く別の方角から大声が響き渡った。

声のする方を見ると、通りの向こうから白馬が一騎駆けて来る。後ろに金色の槍を担いだ槍持ちが続いた。

「な、何奴じゃ？」

カマキリが突如現れた猿に鋭く問いただした。

「おれ様を知らぬと申すか……」

馬を向かい合わせにした猿のような侍が少し傷ついた顔になった。

こちらもカマキリ殿下に負けず劣らず尊大である。

割って入ってきた仲裁者に、その場にいた誰もが呆気《あっけ》に取られた。

白馬にまたがった猿のような侍は、袖無し小袖の盛り上がった肩から節くれだった指先までの両腕が異様に長い。

追ってきた槍持ちもなぜか主人と同じおかしな着物だが、こちらはずいぶん色男である。

「おれを知らずとも、おれ様の槍は知っておろう。源次、槍持てぃ」

「合点承知」

色男の槍持ちが、ドンと槍の石突《いしづき》で地面を叩き鞘袋《さやぶくろ》を飛ばし、黄金の槍を主人に投げ渡した。流れるような動作で槍を受け取った猿侍が、竹とんぼのようにそれを旋回させた。

金の槍に見とれていた勘吉の身体《からだ》が不意に宙に浮いた。

(な、なんだ?)

あっという間に宗一郎の肩に担がれていた。

「先抜け御免」

傾奇者の猿侍に断りを入れると、宗一郎は脱兎《だっと》のごとくその場から逃げだした。

「ああ……待て。無礼者が。待たぬか」

「止めんか」

駆け出そうとするカマキリの馬を、猿の白馬が立ち塞《ふさ》がり行く手を遮った。

馬上のカマキリと猿が何か言い争っている様子が次第に遠ざかって行く……。

二騎が豆粒のように小さくなっていくのを宗一郎の肩の上で見た。

走りに走って、地面に降ろしてもらったのは、かたぎ長屋の木戸のすぐ近くであった。

四

「逃げてきちゃったけど。いいの？」

「善いも悪いもありませんよ。こっちは命からがら逃げてきたのです」

「あのお猿みたいなお侍さんは知りあい？」

「いいえ……。まるで存ぜぬ方です。どこの誰だか存じませぬが義侠心《ぎきょうしん》のある御仁でしたねぇ。槍を遣っておられたが、正に横やり。おかげで助かりました」

「シャレてる場合じゃないでしょう。あの人を助けに戻らなくていいの。あの悪党カマキリをやっつけようよ」

「心配は要《い》りませぬ。あの傾奇者の義士殿は相当に遣います。それに同じ旗本同士の方が場も収まりやすいというもの」

まるで他人事《ひとごと》だ。無責任この上ないうっちゃり方だが、そもそもの原因は自分なのである。

「しかし……あれほどの御仁なら一度立《た》ち合《お》うてみたいものですねぇ」

「へっぴり腰のクセになにいってんだい」

窮地を救ってくれたのは見ず知らずの傾奇者で、我らがかたぎ長屋の侍はとんだ腰抜けだった。

(まてよ。あのままだったらどうなっていたんだろう？　この人は刀を抜いたのだろうか？)

もし抜刀していたら……。

「いやぁ、危うい。危うい。もう一歩で鬼になってしまうところでした。某とてまだ人の世に未練があります」

無性に腹が立ってきた。

「アンタのどこが剣鬼なんだよ。ウソつき。へっぴり侍」

何を言っても宗一郎にはのれんに腕押し、馬耳東風だ。うっすら笑って聞き流している。

何だか悲しい気持ちにすらなってきた。

「勘さん。今日起こったことは両親にはいわぬ方がよいでしょう。無事で済んだのだし、今さら話したところで要らぬ心配をさせるだけですから。胸の内にしまっておくのです」

別れ際に宗一郎は唐突にそう諭した。

「わ、わかったよぅ」

家に戻るとおっ父もおっ母もとても上機嫌だった。帰りが遅くなったことに気づいてもいない様子である。

「あら勘吉。一杯習い事してきたかい？」

「まぁ……いろいろね」

夜、寝床に入ってから身体に震えがきた。

昼間は少し頭のおかしい旗本に、すんでのところで手討ちにされるところだったのだ。温かい布団にくるまった今になって、昼間の出来事の恐ろしさが身にしみてきた。

勘吉はガタガタと震えながら眠りについた。

その晩の夢は百鬼夜行さながらだった。

しゃれこうべ
人食い大カマキリ
剣鬼、猩猩《しようじよう》……

次々と物《もの》の怪《け》が現れては消え、うなされっぱなしだった。

翌朝、寝小便を漏らして、勘吉はおっ母にこっぴどく叱《しか》られた。

第三話　蝶々

一

「先生、鬼っているの？」

「おらぬ」

「ほんとうに？」

「勘。お前のいうような、物《もの》の怪《け》の類《たぐい》ならばな」

しゃれこうべにそっくりの法元は真顔で答えた。

「化け物の正体見たり枯れ尾花……ともいうであろう。横井也有《やゆう》の句であったか」

「ぜんぶ、見まちがいってこと？」

「怖い怖いと思う心が、人にあらぬものを見せるのじゃ」

禅僧として理論を超越した高次元の不条理は是とするも、低次元な世俗の非合理は我慢ならない。法元は利発な弟子を前に幽霊妖怪《ようかい》などは一切虚妄であると切り捨てた。

昼八つ（午後二時頃）、手習いの終わった「三法堂《さんぼうどう》」から子どもたちが一斉に通りにあふれ出す。

勘吉もかたぎ長屋へ帰ろうとした時、通りの向こうから見慣れたキツネ顔の男がやって来るのが見え、反射的に天水桶《てんすいおけ》の陰に身を隠した。

瀬能宗一郎。

（もう見つかるものか）

これまでに何度も後を尾《つ》けては見破られ悔しい思いをしてきたのだ。

負けず嫌いの根性か。とにかく天水桶の陰に縮こまってやり過ごした。

宗一郎は勘吉に気づかずに目の前を通り過ぎていった。

気づいていないはず……である。

今までの二度の尾行もそう確信していたのに見破られた。

だが今日は少し様子が違うように見えた。

（よし。後をつけよう）

性懲《しょうこ》りもなくまた尾行を決意した。

（剣鬼さまがいつもはなにをしているのやら見せてもらおうか。ガキだと思ってばかにしやがって。鬼なんていないって法元先生にさっきおそわったんだ。今日こそ正体をあばいてやる）

懲りない小さな追跡者は、宗一郎の背中を見据えて一歩を踏み出した。

（どうせバレるときはなにをやってもバレちまう。いっそコソコソしないほうがいい）

皮肉半分開き直り半分で、勘吉は堂々と後を尾《つ》けた。

＊

宗一郎は上白壁町から神田紺屋町《こんやちょう》に入っていった。

染め物職人が集まってできたのが紺屋町。白壁町の大工や左官たちとはまた違った雰囲気で、職人たちの気風も少し優しげな感じがする。ここは広重が『名所江戸百景』に描いた場所でもある。

宗一郎は左右を見上げながら足早に歩いていた。辻《つじ》に出る度に右に左にと折れて、町内をデタラメに進んでいるように見える。

（そめものがめずらしいのかなぁ……）

相手が江戸っ子じゃないと思うと、少し優越感が湧《わ》き上がりほくそ笑んでしまう。

通りを左右にフラフラしながらも、今度は辻で折れ曲がることなくずんずんと南にくだって行く。尾行するには楽だが行き先はさっぱり分からない。

休むことなく歩き続けていたが、雲母《きらら》橋を渡って瀬戸物町に入るとピタリと歩みが止まった。

「一刀堂」という小ぶりな刀剣商の前で立ち止まったのだ。

（ここか。ここでだれかと待ちあわせか）

侍なら刀屋に用があってもおかしくない。

宗一郎は眉間《みけん》に皺《しわ》を寄せたまま店の前で立ち尽くしている。

（また、あのおとろしい顔しとる……）

しばらく動く気配がなかったが、突然我に返ったようにキョロキョロしだした。

そして今度は小走りに東に進み始めた。

(なんだ？　なんなんだ？)

再び右に左にとウロウロ迷いはじめた。いっそう挙動不審になっている。

(だれかにおわれているんだ。そうにちがいない。アイツはやっとうがらみで、だれかにウラミをかって、かたぎ長屋ににげてきたんだ。せっかくかくれてたのに、とうとう見つかっちゃってまたにげているんだ)

そう思うとそのように見えてくる。宗一郎の背中を追いながら、正体について思いを巡らせた。

(アイツはきっと仇《かたき》もちなんだ。いく人もの追ってがねらってるんだ。だからこの人ごみにまぎれてまこうってハラなんだな)

足早に距離をつめる。雑踏の中で背の低い子どもは紛れやすいから見つかるまい。

二人は緑橋を通って馬喰町《ばくろちょう》に入った。

宗一郎は大きな火《ひ》の見櫓《みやぐら》の下を抜け、隣の馬場を堂々と斜めに横断しはじめた。

(な……なにやってんだ？　てきに見つかっちゃうじゃないか)

焦ったが、それらしい追手の姿など見当たらない。

遠くに浅草御門の屋根が見える。大川の方角へ向かっているらしい。

ここにきてためらいを感じた。尾行を開始して半刻《はんとき》（約一時間）近く経《た》つ。神田界隈《かいわい》、白壁町の周辺なら縄張りだが、小伝馬町《こでんまちょう》や馬喰町まで行くとちょっと背伸びだ。

宗一郎はさらに東、両国橋西詰の広小路《ひろこうじ》を突っ切っている。両国橋のたもとは馬喰町よりもさらに人出が多かった。

川開きは三ヶ月も先なので、見世物小屋や芝居小屋は余り立っていない。川沿いの茶屋も少ないが人は多かった。大道芸人が演《だ》し物を競い合っているのであちこちに人だかりができている。

混雑しているのでさらに距離を詰めても大丈夫そうだが、ここは小さな子どもが一人でウロウロするような場所ではない。

（どうしよう。どうしよう……）

続けるのか引き返すのか決断の時である。

雑踏の中で迷っていると、突然宗一郎がまた駆け出した。

慌てて後を追い両国橋を渡りきってしまった。もう尾行もへったくれもない。

橋のこちら側は本所だ。背伸びどころか全く見知らぬ土地に足を踏み入れてしまった。

大川の東岸は両国橋（大橋）が架《か》けられてから本格的に開発された埋立地だ。有力大名の中屋敷・下屋敷が多く、毎晩どこかのお屋敷で賭場《とば》が開帳されているといった噂《うわさ》が絶えず、治安が余りよろしくないといわれている地域である。

（こうなったら、とことんついてゆくしかねぇ……）

そう腹をくくると不思議と気が楽になった。

宗一郎はきれいに区割りされた本所の辻で辺りを見回している。堂々としており、追われて逃げ隠れしている人間のとる態度ではない。

しばらくするとまた決然と歩き始めた。クネクネと何度も曲がりながらも基本的には東へ東へと向かっているようだ。本所も東に下っていくと田畑だけの寂しい風景が広がっている。ここまで来るともう江戸も外れである。

もはや帰り道は全く分からなくなっていた。

これほどあからさまに尾行しているのに今日はなぜだか全く気づいてくれない。

必死で後を追うと、宗一郎は辻の真ん中に突っ立ち、右手の人さし指を舐《な》めて空に突き出していた。

（な……なにやっているんだ？　風向きでもみているのか？　まさか……）

そういえば今日、風はずっと東に向かって吹いている。

嫌な予感がした。

（まさか……）

見ている間に天神橋を渡り、横十間川《よこじっけん》の草が生い茂った土手の傾斜を下って行く。

土手の途中で腰を下ろし、右手の人さし指を中空でひらひらさせている。

指の先にはモンシロ蝶《ちょう》が戯れていた。

そのまま土手に寝転ぶと伸びをして大あくび。

モンシロ蝶は宗一郎の鼻の頭にとまった。

せっかく鼻先にとまっている蝶が逃げぬように宗一郎はそっと笑っていた。

＊

「ちょっと宗一郎さん。アンタまさかそのちょうちょを追ってここまで……」

「あっ、勘さん」

驚いて起き上がった拍子に蝶は再び宙に舞った。

「あ……」

ひらひらと翔《と》んでゆくモンシロ蝶を名残惜しそうに見送った。

「どうしたのです。勘さん。なぜこんな所にいるのです？」

「それは……そのぅ……。そ……宗一郎さんこそなんでこんな所にいるんだよぅ」

「いやぁ……」

少し照れたように月代《さかやき》を撫《な》でるのを見て確信した。

「ちょうちょを追ってここまできた。そういうことだよね」

「蝶は人の作った町並みなんぞお構いなしなのです。追うのもなかなかに骨が折れます」

（この人はほんとうにバカなんじゃないか）

呆《あき》れてしまったが、やはり聞かずにおれない。

「なんで……？　なんだって、ちょうちょなの？」

「蝶は……遠くまで翔ぶ時は上手《うま》い具合に風をつかまえておりましてねぇ。知っていましたか。ちょうど凧《たこ》のようにこう……。天然自然のものは何一つ無駄なく美しい……」

真相に拍子抜けしてそのまま土手に座り込んでしまった。

（半日かけてバカを追っていたバカがいちばんバカ。バカよりバカなバカのバカ）

宗一郎ははにかむように笑うと、うつむいている勘吉の横に腰を下ろした。

二

「ややっ。あれに見ゆるはいつぞやの浪人者ではないか」

芝居掛かった台詞《せりふ》が、槍持《やりも》ちの中間《ちゆうげん》源次の頭の上に降ってきた。

「誰かお知り合いの方でもいらっしゃるので……？」

「うむ。お前も覚えておるだろうが、先日の雨まじりの日に神田の辺りで、小早《こばや》川《かわ》の跡取りが小童《こわつぱ》と浪人者に往来で絡んでいただろう」

「ああ。あの時の……」

「ふふふ。おれ様が割って入らねば面倒なことになっていたやもしれぬ、あの一件よ」

馬上の主人御輿大三郎は、得意げな面持ちで源次を見つめた。

「左様でございますね」

源次は全く表情を変えずに受け流した。

「ほれ、あそこの土手に腰を下ろしているのはこの前の腕利きの浪人だぞ」

「はぁ……」

大三郎が腕利きと評した浪人は、実のところ助けに入るや否や、その場から子どもを担いで遁走《とんそう》したのである。命の恩人大三郎に一言の礼も無く。

その件について鷹揚《おうよう》な大三郎はまるで気にかけず、むしろ自慢の槍を振るう機会を得られて喜んでいる風でもあった。

「どれ。ここは一つ……」

何を思ったか、馬を降り槍を要求してきた。

「音を立てるでないぞ。よいな。頼んだぞ」

申し付け通り源次は馬の轡《くつわ》を持つと、その場でじっと待機した。

大三郎は、だらりと下げた右腕に自慢の黄金色の槍を地面と水平に持ち、そろりそろりと土手に近づいて行った。短軀《たんく》が前かがみになっているのでさらに小さくなっている。

小さい身体《からだ》であんなに長い槍を遣いこなす達人というのだから、人間というのはつくづく見た目からは分からない。

＊

（この人はほんとうにただのヒマ人じゃないか……）

平べったい小石を選んで、川面《かわも》に飛び石投げをして見せると、宗一郎が反応した。

「上手いものですね。どれどれ……」

宗一郎は勘吉の見様見まねで小石を川面に投げ込んだ。

「ヘタクソだな……宗一郎さんは。もっと平べったい石でやるんだよ」

「おお。そうですか。平たいヤツで横ざまに投げるのですね……」

「やったことないの？」

「信濃にだって河はあります。だが流れがもっと急で速い……激しいというべきですかね。だからこんなにゆったりとした川は見ていて面白いのです」

「宗一郎さんて、信濃者《おしな》なんだ」

二人はしばらく飛び石投げに興じたが、手近な所に平たい小石が尽きると、どちらからともなく止《や》めてしまった。

宗一郎は再び静かな川面に見入った。

大三郎はじりじりと目指す相手の後ろ姿に近づきつつあった。

全く音を立てずに槍を持ち替え肩に担いだ。投擲《とうてき》の腕に自信があればあと一歩で必殺の射程に入る。摺《す》り足でつま先が地に着く刹那《せつな》……。

「どこで遺恨を受けたか存じませぬが、おそらくは某《それがし》の不徳の致すところ。なれどいきなり刃を向けるとは余りにも剣呑《けんのん》ではございませぬか」

宗一郎の突然の大声の口上に、隣に座っていた勘吉が驚いて飛び上がった。

「なっ……なに？　だれかいるの？　だれっ？」

後方から豪放磊落《らいらく》な笑い声が響いた。

「うわはははははははっ。やはり気づいておったか。流石《さすが》だのぅ」

振り向いて目に入ったのは、ヨシの草の群れから真っすぐ空に向かって伸びている金色の槍だった。

その金の槍を持っているのは派手な着物の小柄な侍。

鮮やかな橙色《だいだい》の小袖《こそで》に若草色の袴《はかま》。まるで折り紙で作った奴《やっこ》さんだ。

（へ……へんなかっこう。でもこのお侍さんどこかで……）

「おや。貴方《あなた》でしたか。先日は手前どもの危難を救って頂いたのに、ろくに礼も申し上げずとんだご無礼をいたしました。何卒《なにとぞ》、御寛恕《ごかんじょ》下さい」

立ち上がった宗一郎は穏やかな口調で土手の上の奴さんに話しかけた。

「あっ。あの時、助けてくれたお侍さんだ」

「おおっ。あの時の小童も一緒か」

＊

大三郎が自分を呼ぶのを聞いて源次はホッとした。

主人が槍を持ち替えたのを見た時はひやりとしたのだ。悪戯《いたずら》にしては度が過ぎている。

どうなることかと息を呑《の》んだ瞬間、笑い声が爆《は》ぜた。

立ち上がって振り向いた相手は、なるほどよく見れば先日の浪人だった。横には件《くだん》の小僧も一緒にいる。

（あんな豆粒のような後ろ姿だけでよく判《わか》るものよ）

槍の鞘《さや》を拾いつつ白馬の轡を引いて、何やら和やかな雰囲気の輪に近づいていった。

大三郎はすっかり構えを解いている。

「これはお付の方も一緒でしたか。御主人の悪戯のおかげで寿命が少し縮んでしまいました」

返事をする前に大三郎が引き取って答え始めたので、だんまりを決めた。

「いやいやいや。お主、とっくにおれに気づいておっただろう。おれは御輿大三郎。九段下の旗本の三男坊よ」

「某は瀬能宗一郎。神田の長屋住まいのしがない浪人です。先日は本当に危ういところをお助け頂き……」

「いやいやそれはどうだかなぁ。実のところ、おれはお主が人を斬《き》るのを止めたのだと思っておるのだが……違うか？」

瀬能宗一郎と名乗った浪人は否定もせず微笑《ほほえ》んでいる。

「あれは小早川昌之進という旗本でな。はっきりいって余り良い評判を聞かぬ男よ。まぁ有り体にいえば厭《いや》な奴よな。しかし先日の一件では図らずも、あの小早川を救うはめになった。いくら嫌な男でも目の前で斬られるのを見過ごすわけにはいくまいて」

聞き間違いではない。

「おれが止めねば面倒なことになっていた」というのは、この浪人があの旗本を斬った場合を指していたというのか。

(だってケツ捲《まく》って逃げた奴だぜ……)

その時、抱きかかえられて一緒に逃げた小童も同感らしかった。勘吉とかいったか。

「ど……どうも、だまって逃げちゃってごめんなさい」

「気にするでない。ぜひもう一度会いたいと願っておったのだ。嬉《うれ》しく思うぞ」

「重ね重ねご迷惑をおかけいたしました。仲裁に入られた時の槍の捌《さば》きで、腕の立つ方とお見受けしたので、安心して尻を捲らせて頂きました」

「尻を捲らさせて……ときたか。わははは。愉快。愉快」

主人はすこぶる上機嫌である。

「ところでおれが止めねば斬っていたか?」

「どうでしょうかね……」

「斬っていた。お主は必ず斬っていたであろう」

「そう簡単には抜きませんよ」

「なぜだ？　なぜ抜かなかったのだ？　何かゆえあってのことか？　厳しい自戒でも課しておるのか？」

「ご明察です。ゆえあって己の剣は封印しております」

宗一郎はいうが早いか抜刀した。

さすがに大三郎は脇差《わきざし》に手が掛かっている。ほとんど条件反射といってよい。

一瞬の動揺も収まり宗一郎の差料《さしりよう》を見て驚いた。

「あっ……」

「ぬうっ。それは竹光という代物か。初めてお目にかかったが、何というか驚いたわい……」

三

竹光というのは字の如《ごと》く、刀身が竹の偽刀である。

ただし刀身の竹に銀箔《ぎんぱく》のような物が捲《ま》いてあって、一見すると本身《ほんみ》のように見える。一瞬遅れて竹光であると分かるので余計に衝撃が大きい。見てはいけないものを見てしまったような後ろ暗さを感じて、皆視線を落とした。

宗一郎は抜いた時と同じように自然に竹光を鞘に戻した。

「おれが止めねば……どうするつもりだったのだ？」

「……斬るより他なかったでしょうな」

「竹光……でか」

「竹光で……です」

(コイツはとんだ大法螺《おおぼら》吹《ふ》きだぜ。竹ベラで人が斬れるかってんだ)

主人を見たが、大三郎は今までに見たこともないような真顔である。

「立ち合《お》うてみたい……」

「願ってもないことです。実は某もそう思っておりました」

「ならば話は早い。今ここで構わぬか」

「望むところです」

宗一郎があっさりと承諾したのを受け、大三郎は嬉々《きき》として振り向き源次に命じた。

「槍持てぃ」

「がっ……合点承知」

思いも寄らぬ展開に戸惑ったものの、常日ごろから槍の受け渡しを仕込まれているので掛け声に反応し槍を投げ渡した。

「源次、たすきもよこせ」

「へ……へい」

懐から丸めて折り畳んだたすきを投げると、大三郎は長い腕で小さな鞠《まり》になっているたすきを受け取った。

大三郎は自慢の月形十文字槍の柄《え》に襷を巻いて矛鞘が外れぬよう縛りつけてしまった。

「これでお主の差料と五分と五分よ。おれも鞘を付けたままでお主が斬れるか試してみたくなった」

「あれでほんとうに五分五分ってこと？」

「まぁ、そういう腹づもりなんだろうな」

傍目《はため》から見ると馬鹿馬鹿しくも律義なこの試合に、成り行き上、立会人となった源次と勘吉は並んでたたずんでいた。

本身でない以上斬り合ったところでたいしたことにはなるまい。そうは思うのだが……。

＊

「実は某、槍の方と仕合うのは初めてでございます。よい機会を与えて下さった御輿様に感謝申し上げます」

「何の。おれの方こそ……思えば久方ぶりの立ち合いじゃ。武士として歓喜の念に堪えぬ。我が流派は宝蔵院流中村派。これでも印可を受くる身よ。存分に参られよ」

「某は我流にてつかまつります。剣は我が父の教えを受け、父は真貫流《しんぬきりゅう》と申しておりました」

「ぬぅ。真貫流といえば四谷伊賀町《よつやいがちょう》の平山行蔵《ひらやまこうぞう》か……。お父上は平山殿の弟子筋か？」

「若い頃、平山先生の嫡伝を受けたと聞きました」

「ではお主は平山行蔵の孫弟子か？」

「いやいや我流です。父は独自の工夫を加え、某も更に工夫を重ねておる次第」

「頼もしいの。相手にとって不足なし」

「参る」

二人の気勢が身体中に膨らみ弾《はじ》けた。

「ずりゃぁぁ」

まず大三郎が仕掛けた。

裂帛《れっぱく》の気合いで凄《すさ》まじい突きを繰りだした。

対する宗一郎は、何と相手の初動に合わせて思い切って前に踏み込んだ。

三叉《みつまた》の幅広の穂先を身をひねってぎりぎりで躱《かわ》す。

「何の」

引き手で槍を戻すと立て続けに送り出した。

迅速の三段突き。

宗一郎は勢いそのまま、身体を回転させながら続く刺突を躱した。

ぐっと距離が詰まり剣の間合いに入る。

「はっっ」

そのまま大三郎の脳天めがけて剣を振り降ろした。

大三郎とてただ待っているわけではない。

四度《よたび》、左手で引き戻した槍を、柄の真ん中で右掌逆手に摑《つか》み手首を返すように縦回転。

石突《いしづき》を斜めに振り回し、宗一郎の脛《すね》を払った。

跳び退《しさ》って脛払いを避けたが充分に踏み込めず、宗一郎の剣の切っ先もとい鞘の先は大三郎の頭部を掠《かす》めて空振った。迷わず槍の射程外まで後退。

剣と槍の戦いである。

間合いの取り合いが勝敗の胆《きも》となろうが、もとより射程が違う。

断然、槍の方が有利のはずだが宗一郎の剣は果敢に攻め、一進一退の攻防を繰り広げていた。

（こやつ。たいした度胸よ）

大三郎は相手を近寄らせまいと長い槍を突いたり振り回したりしたが、なかなか穂先で宗一郎を仕留めることができない。

一方の宗一郎は止まれば途端に突かれるのは明白なので、絶えず動き縦横自在に振ってくる相手の斬撃《ざんげき》をかい潜《くぐ》り攻めた。

一度間合いを詰めてしまえば小回りが利かぬ槍を封じられるはずなのだが、大三郎は間合いを詰められてからの返し技が豊富であった。石突を杖《つえ》や棍棒《こんぼう》のように遣ってくるのだ。

（これは槍術《そうじゅつ》だけでなく杖術《じょうじゅつ》、棍術《こんじゅつ》も修めておられるな。わが父上のような兵法第一の御仁か。江戸にもこのような御仁がおられるとは）

＊

手に汗握るとは正にこのことか。

目の前で繰り広げられている剣と槍の勝負が、素人目にも高度な攻防であることは解《わか》った。

源次も勘吉も一言も発せず固唾《かたず》を呑んで見入ってしまった。

（あの浪人……確かに凄腕《すごうで》だな。しかし大三郎様も本当に本当の達人だったのだなぁ）

てっきり腕より口が立つと思っていた主人は、自慢している通りの腕前だったのだ。小馬鹿にしていたので少々後ろめたい。

そもそもが大三郎は、今まで互角に渡り合う相手に恵まれていなかったのであろう。

（剣客というのは本来こういうものなのか）

＊

伯仲する仕合いは果てなく続いた。

大三郎を中心にした円を描く攻防である。

脚を狙《ねら》ってきた横払いの槍をまたいで上に逃げたが、わずかに残った左足首に鞘の穂先を感じた。

（ちっ……）

前転して宗一郎も起き上がりざまに、大三郎の右脚から上を袈裟懸《けさが》けた。かってないほど、深く懐に入られた大三郎の槍はまだ旋回途中である。

勝負有り。

万事休すかと思いきや、大三郎は石突を地面に突き立て、そこを支点に柄を摑んだまま「えいやっ」とその身を躍らせた。

高く中空に舞う大三郎には剣が届かぬが、宗一郎は更に一歩大きく踏み込み、横払いで大三郎の黄金色の槍の柄を打った。

槍を払われたものの、すでに体勢を整えていた大三郎は難なく着地した。すぐさま槍を引き寄せ宗一郎に打たれた柄の部分を調べた。

黄金無双と名付けた愛槍の金箔《きんぱく》が見事に剥《は》がれ落ちていた。

「むぅ………」

黄金無双の槍穂は七寸（約二十一センチ）で鎌刃《かまは》は五寸（約十五センチ）、茎は二尺（約六十センチ）の作りである。柄に深く固定されているため、けら首を狙っても切断されるものではない。

だが石突の方はどうか……。

互いに得物が鞘付きという特殊な想定の仕合いであったが、もし真剣であれば黄金無双の寸は短くなっていたであろう。

「この仕合い、相討ちということで止めにせぬか」

大三郎の申し出に宗一郎もうなずいた。

だが相討ちというのには異存があった。

これが本身の勝負なら、大三郎の首は刎《は》ねられており右腕も斬り飛ばされているはずである。

だが宗一郎も無事ではない。

左肩を深く抉《えぐ》られ、左足首から先を失っていたであろう。

勝敗というなら宗一郎の勝ちだが、上手く止血出来なければ大量の血を失いほどなくこの河原で事切れている。

両名とも死亡という意味では確かに相討ちではある。

動きを止めた途端に宗一郎の全身から玉のような汗が噴き出してきた。

円の中心にいて宗一郎ほど激しく動いていない大三郎の身体にも、じっとりと脂汗が滲《にじ》んでいた。


剣を交えたおかげであろうか、宗一郎と大三郎は肝胆相照《あいて》らす仲となった。

大三郎は年下の宗一郎を名で呼ぶようになり、宗一郎も大三郎を名字ぬきの様づけで呼んだ。

「お主は他にもこのような他流との仕合いをこなしておるのか？」

「できるかぎりは……。ですがなかなか大三郎様のように応じてはもらえませぬ」

「流派をなすような処《ところ》は何かと格や体面を重んずるものよ。我流ではまず相手にしてもらえまい」

「おっしゃる通りでございます」

「宗一郎よ。いっそのこと、流派を名乗ってみてはどうだ。『心刀自在流』というのはどうだ」

「某には弟子も師もおりませぬが」

「よいよい方便じゃ。体裁が整えば相手も門前払いはしにくいものよ」

「なるほど……」

剣に憑《つ》かれた男の割には宗一郎はこのような剣術処世が身についていない。大三郎の知恵にいささか感心した。

「それに弟子なら、ほれ、あそこにちょうど良さそうな者がおるではないか」

大三郎は勘吉をあごで指した。

「なるほど。なるほど」

その弟子姿を思い浮かべるとなかなか可笑《おか》しい。いい出しっぺの大三郎も笑いだした。

四

いつの間にやら夕暮れが近づき、大三郎は再び馬上の人になった。

「その子はお主の子か？」

「いえ。隣の子です」

「隣の子なぞ連れてこんな所で何をしておったのだ？　神田からだと子どもの足では少し遠出ではないか」

「実は……二人で蝶を追ってこの川辺まで来てしまったのです」

（世の中には暇な人間がいるもんだぜ。やはりウチの主人と同類だな。この浪人……）

一向に口を挟まない源次だが、肚《はら》の中では呆れ返っていた。

「蝶を追ってとな……。真《まこと》か。ふぅむ雅《みやび》よな。風流であるな」

大三郎はいたく感心した風であったが、端整な槍持ちの眉間に縦皺が入るのを見た勘吉は、なぜだか自分の方が恥ずかしい気持ちになった。

「小童。馬に乗ったことはあるか？」

「い……いえ。ない……ないです」

あるわけがない。馬にまたがれるのは身分の高い者に限られている。ただの町人の子どもが乗れるはずがない。

「乗ってみるか？」

「めっ、めっそうも……」

いい終わらぬうちに、長い腕に襟首を摑まれヒョイと大三郎の前に乗せられてしまった。

「うわぁ……」

子どもらしい感嘆の声を聞くと大三郎は満足げであった。

「ふふふ。よい眺めであろう。しばらく乗っておるがよい」

勘吉は、猪牙船《ちょきぶね》が木の葉のように浮かんでいる川面を見ながら両国橋を馬に揺られて渡った。

(まるでお殿様になったみてぇな気持ちだ)

西詰で大三郎一行と勘吉たちは左右に分かれた。別れ際、大三郎は名残惜しげであった。

「竹光でも人は斬れるか……。宗一郎よ。お主ならあるいは出来るかもしれぬな。しかしそれでは全く剣を封じたことにはなっておらぬの」

「おっしゃる通りです。未だに事あらばすぐ刀の柄に手が掛かる……」

「お主……人を斬ったことがあるな」

「……はい」

「おれもだ。だがな宗一郎。おれはさほど後悔などしておらぬ。故あらば斬る。それが侍。それが武士ではないか。近頃はお主のような腕の立つ剣客などめっきり減った。腰に大小は差していても腰抜け連中ばかりよ。お主とは奇縁を感じる。また会って剣術談義など交わしたいものよ」

「ではこの次はお話だけでお願いいたします」

「ふははは。一本とられたな」

宗一郎は近い内に九段下の御輿家の屋敷を訪《おとな》うようにと約束をさせられた。

（あのような御仁がおられるとは江戸も捨てたものではないな……）

宗一郎は道々、大三郎との仕合いを何度も何度も頭の中で反芻《はんすう》していた。

さすがに歩き疲れた勘吉は足元がおぼつかなくなり、いつの間にやら宗一郎に背負ってもらっていた。

そのまま眠ってしまい気がついたらかたぎ長屋で、辺りはすっかり暗くなっていた。

「すいません。うちの子がすっかり世話になっちまって」

恐縮至極のりつの声で目が覚めた勘吉は慌てて宗一郎の背中から飛び降りた。

「ああ……いや。こちらこそ何だか、その……大変心配をかけてしまって申し訳ありませぬ」

丁寧に対応しているようでその実、上の空である。

「とんでもありません。この子ったら一体どこをほっつき歩いていたんだか」

「いや……あの、オイラは……」

助け船を求めようとしたが、肝心の宗一郎は「では御免」と軽く会釈してさっさと家に入ってしまった。

(そ、そんな……)

残された勘吉は大いに困惑した。モンシロ蝶を追って本所まで行っただの、河原で仕合いに立ち会っただの、果ては馬に乗せてもらっただの、本当なのだが到底信じてもらえそうにない お噺《はなし》だ。しどろもどろになり話すこと自体あきらめてしまった。

「おっ母、おそくなってごめん……」

家の中でおっ父にさんざん絞られた。

(くそっ。くそっ。くそっ。宗一郎のやつにかかわるとろくな目にあわない。ア

イツの正体は今わかったぞ。アイツはやくびょう神だ。もう二度とアイツにつきあってなんてやるもんか）

雲一つない夜空に笑っているような下弦の月が煌々《こうこう》と輝いていた。

第四話　剣豪

一

清明（四月初旬）。

やっと暖かくなった日差しに、皆背筋を伸ばして通りを行き交っている。

瀬能宗一郎も筋違《すじかい》御門《ごもん》まで抜ける神田の表通りを歩いていた。

五尺九寸（約百七十七センチ）と長身で幼少から仕込まれた剣術のおかげで姿勢はよい。だが気持ちも常に真っすぐ晴れやかというわけにはいかなかった。

（もう慣れてもよさそうなものだがなぁ）

腰に差してある竹光が軽い。この軽さが若い剣客の心を重くしていた。

本来の差料《さしりょう》は美濃《みの》の名刀工國房《くにふさ》の小太刀《こだち》、一尺九寸五分（約五十八・五センチ）の大業物《おおわざもの》。父の形見でもあった。

ゆえあって今は手元に無い。

愛刀國房は、瀬戸物町にある小体《こてい》な刀剣商「一刀堂」にあった。年の初め、かたぎ長屋に落ち着いてすぐに売り払ったのだ。

「本当によろしいので……」

刀屋の主人は何度も念押しした。

目利きなら嘆息してやまぬ美刀であった。

慎重に刀身をあらためていた主人は、ため息をつきながら続けた。

「お刀は國房でございますよ。しかも名高い三代目の作刀……。この猪首切先《いくびきっさき》が、飾り物にあらずと語りかけてくるようでございます」

作り込みが美しいだけではない。國房はあくまでも実戦刀であった。

「よいのです。某《それがし》は國房と一緒におらぬほうがいいのです」

「わかりました。人にはそれぞれ事情というものがございます。これほどの作刀を扱わせていただけるのも刀屋冥利《みょうり》に尽きるというもの。しばらくここでお待ちください」

そういうと主人は、拵《こしら》えはそのままの竹光を用意してくれたのだ。

(あれで良かったのだ……。某の決断は間違っていない)

自戒を込め、何度自分に言い聞かせたことだろう。

故郷信濃で理不尽な襲撃を受け、必死に応戦した。

結果、六人の剣客を斬《き》った……。

やましいところは微塵《みじん》もない。

恐ろしいのは、初めて人を斬ったというのに何の躊躇《ちゅうちょ》も感じなかったことだ。

柔らかい肉を裂いた時の感触。硬い骨をえぐった時の衝撃。

日が経《た》つにつれ、あの手応《てごた》えを思い出そうと記憶をまさぐっている自分に気がつき國房を手放す決心をした。

(某は断じて人斬りではない。父上の剣術も決してそのようなものではない)

信濃一の剣豪と謳《うた》われた父が遺したものは剣術と剣のみ。

母は父子が剣術にのめり込むのを心から良しとしたわけではなかった。

(たしかに母上のおっしゃった通り、某は剣に憑《つ》かれている)

本身を売り払ったところで剣術と離別できぬのが、宗一郎の抱える葛藤《かっとう》であり矛盾であった。それが気鬱《きうつ》となって時折、噴き出すのである。

（某は父上の遺言に従い江戸に出て、母上の遺志を汲《く》んで國房を手放したのだ……）

國房がいかに名刀と讃《たた》えられようとも、煎《せん》じ詰めれば道具である。物は売ったが心まで売ったわけではない。

詭弁《きべん》のような理屈をひねり出し心に折り合いをつけていたが、ちょっと後ろ向きな方向に落ち込むと気鬱の虫が動き出すのだ。

こういう時は自然に気が落ち着くまで外出しないに限るのだが、こもっていても気が滅入《めい》る。

（そうだ。あん団子でも食べよう）

思いたつと居ても立ってもいられず、かたぎ長屋を後にした。

筋違御門の前、八辻が原で商っている出店の団子屋「みつや」がお気に入りで、すっかりそこの常連客になっていた。

勇んで外に飛び出したものの、長い表通りを歩く内にまた気分が沈んできた。

目指す「みつや」はもう少しである。御門に向かって左、昌平《しょうへい》橋辺りに陣取って店を出しているはずである。

いつものように筋違御門前の稲荷の辻を曲がった途端、「みつや」から悲鳴が聞こえてきた。

二

看板娘おみつが、質《たち》の悪い客に絡まれていた。すでに周りには弥次馬が出来ている。

「茶屋女風情がお高くとまってんじゃねぇ」

「何をなさいます。堪忍してください」

長身の宗一郎は、人垣の輪の後ろから覗《のぞ》き込んだ。

「お止《よ》しになって下せい。ここはただの団子屋でそういう店じゃございません」

「みつや」の主人万作《まんさく》が懸命に客をなだめていた。

おみつは評判の器量良しで年の頃は十六。

早くに母親を亡くし、万作は後妻も娶《めと》らず男手一つでおみつを育ててきた。

おみつもそんな父親を助け幼い頃から店先に立っている。

万作の作る団子の味もさることながら、この父娘の作る美しい物語も客を惹《ひ》きつける隠し味になっていた。

　年端の行かぬ内から仕事をこなしてきたおみつは少々のことでは動じない。客あしらいも慣れたもので、年頃になってからは付け文をしてくる客や悪戯《いたずら》で尻を撫《な》でようとする客などを上手に捌《さば》いてきたものだ。

　しかし、今絡んでいる輩《やから》は相当に性質《たち》が悪かった。四人連れは顔が赤い。昼日中から酒を飲んでくだを巻いている。地元の俠客《きょうかく》のようだがどうみても下っ端のゴロツキだ。

「店にあるもんが売り物じゃなくて何だってんだ」

「団子屋で娘は売りません」

「何いってやがる。娘で客寄せして旨《うま》くもねぇ団子を売りつけてやがるくせに。そこの松造《まつぞう》なんざ、お前《め》ぇんとこの娘目当てに毎日通い詰めた揚げ句に袖《そで》にされたんだ。トサカにきても仕方あるめぇ」

　痘痕《あばた》顔で小僧のように落ち着きのない若造が、おみつの両手首をつかんで放そうとしなかった。身なりがいかにも下っ端らしい。

　万作とおみつを窮地から救うべく一歩前に踏み出そうとした。

　しかし相手はゴロツキでも俠客。

少なくとも二人は匕首《あいくち》を懐に呑《の》んでいるのが見てとれた。

（腰が軽い……）

ほんの一瞬だけ心に迷いが生じた。

その刹那《せつな》に「みつや」の救済者は瀬能宗一郎ではなくなった。

「いい加減に止《よ》さぬか」

店の奥から低く一喝する声が飛んだ。

奥といっても出店である。床几《しょうぎ》をコの字形に配置してあるだけの店構えだ。

喧騒《けんそう》の反対側に侍がいた。

ゴロツキどもは驚いて振り向いた。気持ちよく演じていた舞台で、突然袖から水を掛けられたのだ。

「なっ……何かいったかい。ご浪人さんよぉ」

ゴロツキの兄貴分が威嚇《いかく》するように声を荒らげた。

武士相手に侠客風情がゴロを捲《ま》いてよいわけがない。だが兄貴分も状況を読んで物をいっていた。

こんな出店で一人で団子を食べている侍なんぞ浪人者に違いない。どこぞの大藩の江戸詰め藩士ではあるまい。間違っても御城勤めのはずがない……。囲んで袋叩《ふくろだた》きにしても累が及ばないと踏んだのだ。

あくまでも数押し力押し。下っ端ゴロツキの兄貴分らしい浅薄で粗雑な考えである。

侠客稼業はなめられたら終《しま》いだ。こんなチンケな団子屋でくだを巻いているのも舎弟の松造の意趣を晴らすためなのだ。ここで引き下がるわけにはいかなかった。

「見苦しい」

振り向きざまに侍は持っていた湯飲みを投げた。

湯飲みは独楽《こま》のように中空を走り、松造の鼻頭に見事に命中した。

「熱っ。熱っ……」

湯飲みにはたっぷりとお茶が注《つ》いであった。

中味を一滴もこぼさず湯飲みを放つなんぞ、大道芸でも充分銭が取れそうな見事な技である。

松造はおみつの手を放し、思わず鼻頭を押さえた。袂《たもと》はびしょ濡《ぬ》れになり鼻から血が滴った。

弥次馬から失笑が漏れた。

おみつは屋台に走り万作の背中に隠れた。

当の侍は何事もなかったようにゴロッキどもと向き合った。

三十代くらいで浪人風。少しふてぶてしい感じもするが精悍《せいかん》な面構えである。太い眉《まゆ》の下の大きな目玉でギョロリと相手を見据えた。

「テメェ。いきなり何しやがる」

兄貴分が立つと子分二人も立ち上がった。手にはすでに匕首が光っている。

「まだ恥を上塗りするか」

太眉の侍の方も相当気が短い。

いうが早いか座ったまま左手で床几を引っつかむとそのまま振り回した。

床几は持ち運べるし重い物ではないが、大人が数人腰掛けられる長さがある。つかんで振り回すなどよほどの膂力《りょりょく》がなければ出来ない。

床几の板で顔面をしたたか叩かれた三人は地べたにひっくり返った。

眉毛侍は事も無げに床几を元の位置に戻した。

気絶するほどの衝撃ではないものの、ゴロッキは完全に肝《きも》を潰《つぶ》し尻餅《しりもち》をついたままである。

弥次馬も万作もおみつも静まり返った。

そこに弥次馬の輪を割って、「先生、先生」と連呼しながら若い侍の一団が入ってきた。

「何でもない。騒ぎ立てるな」

弟子たちを制しながら眉毛侍は立ち上がった。

「主人。湯飲みを割ってしまったな。合わせていくらだ」

「へ、へい。お代は結構です。危ねぇところを助けて頂き感謝いたしやす」

万作の横でおみつもぺこりと頭を下げた。

ゴロツキどもはいつの間にやら消えていた。

「では遠慮なく。御免」とだけいい残し太眉侍は「みつや」を後にした。弟子たちがゾロゾロと後に続いた。

事の一部始終を見ていた宗一郎はぼうっと頭が痺《しび》れたようになっていた。

(抜かずともいくらでもやりようはあるものだ。己の不明を恥じるばかり)

思いも寄らぬ荒療治が功を奏し気分が晴れ晴れとしてきた。

(江戸は広いなぁ。先ほどの御仁のように強い剣客が大勢いるのだろうな。あの御仁、どこの「先生」なのだろうか。手合わせがしたい)

今度は別の病の虫が蠢《うごめ》き始めた。

「ああっ。お名前を訊《き》き忘れちまった。どこか名のある道場の先生に違《ちげ》ぇあるまいが……。これじゃ改めてのお礼もままならねぇ」

万作が頓狂《とんきょう》な声をあげた。

「あの太ぇ眉は間違ぇねぇよ。ありゃ一心館《いっしんかん》の師範代、磯崎《いそざき》先生だよ」

「磯崎……何先生だい」

「弥丙太《やへいた》……。そうそう一心館の磯崎弥丙太って先生よ。一心館ていえば神楽坂《かぐらざか》の辺りじゃちったあ名の知れた剣学所だぜ」

「もうちっと細かく場所を教えてくんねぇ」

万作と弥次馬のやりとりを、本人たち以上に宗一郎は真剣に聞き耳を立てて聞いていた。

「牛込御門《うしごめごもん》の前。若宮八幡様の裏手にあらぁな」

それだけ聞くと、あん団子などそっちのけで神楽坂目指して歩き出した。

(牛込御門前……一心館の磯崎弥丙太。牛込御門前……一心館の磯崎弥丙太)

腕の立つ剣客を見れば、どうしても手合わせせずにいられない。

剣術憑きとでも称すべきか。病というならこちらの方がよほど根深い。

瀬能宗一郎とはそういう男であった。

三

目指す「一心館」はすぐに見つかった。

どこの剣術指南所も無用の道場破りを避ける為《ため》に、おおっぴらに看板など掲げていない。だが威勢良く竹刀《しない》を打ち合う音が漏れてくる屋敷があった。

（ああ……。なかなか良い稽古《けいこ》場だなぁ）

思ったより小振りな稽古場であったが、縦に長い四十畳ほどの板の間で十人弱の門下生が立ち稽古の真っ最中であった。先ほど磯崎弥丙太を「先生」と呼んでいた連中に違いない。

「頼もう。一手指南願いたい。頼もう」

宗一郎の出現に全員の動きが止まった。

「と……当道場に入門を御希望か……？」

「いえ。こちらの磯崎弥丙太殿に是非とも一手指南願いたく参った次第です。どうかお取り次ぎを」

深々と頭を下げる宗一郎に、館内は浮き足立った。一番奥にいた門下生が奥の座敷に走る。

静まり返った稽古場にじりじりと緊迫感が増してきた。

敵意のこもった視線が食い込んでくる。

頭を垂れたまま口角の端が上に上がっていくのが分かった。

笑ってしまうのだ。

決して声を立てないものの自然と笑みがこぼれてしまう。

悪い癖だと思っていてもなかなか直らない。

これから手合わせが叶《かな》うかもしれない剣豪への期待と、道場を包む心地よい緊張が頬《ほお》を緩ませてしまう。お辞儀の姿勢を崩さないのは貼《は》り付いた笑顔を見られたくないからだ。

道場破りの来訪を告げられた時、磯崎は館内の奥にある自室で書をしたためていた。

稽古場の額に入れて飾るに相応《ふさわ》しい金言格言を何かしたためておくようにと、師匠であり館主である宮川董仁斎《みやがわとうじんさい》に申しつけられていたのだ。

散々頭を捻《ひね》った揚げ句につまらない字で「質実剛健」とか「剣禅一如」等のありきたりなものに落ち着くのだが、今回は「文武両道」に決めた。

最後の「道」のところで邪魔が入った。

割合、上手《うま》くいっていたのに……。

「何用だ」

「そ……それが、ど、道場破りでございます」

（はて……？）

「一心館」は神楽坂でこそ知られてはいるが、それほど有名ではなかった。道場破りをしたところで一躍名があがるわけでもない……。

（今のところはな）

自分の代になれば事情は変わってくるであろう。それもそう遠い話ではあるまい。

男児に恵まれなかった師匠の宮川は、娘のおまきの婿として弥丙太に跡を継がせるつもりなのだ。晴れて婿養子になれば道場を一気に守《も》り立てていく所存である。

毎月の額の掛け替えにしても今のところ他の道場と差別化を図る細やかな演出

に過ぎぬが、「一心館」が有名になれば名物になるだろう。さすれば道場破りの一人や二人現れても……。

「どんな奴だ？」

「はい。それが磯崎先生を出せの一点張りで……。田舎剣客でございますよ」

「そんな田舎者がなぜ、儂《わし》の名を知っておる？」

「先生は謙虚なご性格ゆえ、ご自分のご高名に無頓着《むとんちゃく》であらせられますよ」

「ふむ……」

なるほど道場を覗くと浪人風の男が深々とお辞儀をして立っていた。

（どんな顔の男だ？）

磯崎の興味は至極もっともなものであったろう。

「新陰流一心館師範代磯崎弥丙太である」

名乗りを上げてしまった。これはいささか軽率な行為である。

道場主に準ずる立場の師範代が名乗りを上げてしまっては、招かれざる来訪者をあしらう場合の「他行中」とか「病気」といった常套《じょうとう》手段が使えなくなってしまう。

実際、館主の宮川董仁斎は娘のおまきと宮川家の菩提寺《ぼだいじ》に墓参に出かけており不在であった。

道場破りの男は顔を上げた。

キツネ顔でひょろりとした身体《からだ》つき。緊張のせいか口元が微《かす》かに引きつっているように見える。

(なるほど田舎侍か……)

確かに少し野暮ったい感じもする。

「お上がりなさい。儂が少し稽古をつけてしんぜよう」

この時、磯崎弥丙太は瀬能宗一郎という人物を侮っていた。

師範代とは字の如《ごと》く、あくまでも師範の代わりを務めるのが役目である。門人に代稽古をつけてやるのが主な仕事だ。師範の許可もなく門外の人間に稽古をつけてやるなど明らかに越権行為である。

道場破りのあしらい方はおおむね三つ。

まずは門前払い。

相手をする場合でも、下の者から当たらせて充分に剣筋を見極めて、勝てると判《わか》れば師範代か師範が出て叩く。

最後に相手が強ければ金で片を付ける。

剣術指南も商売である以上そのような配慮、駆け引きは必須《ひっす》である。

磯崎は商売人としては短慮といおうか持って生まれた性格が短気であった。

あるいはどうせ自分の道場になるのだから、このくらいは裁量の内だと思ったのかもしれない。ともかく師範代は道場破りを上げてしまった。

板の上にのった宗一郎を見て磯崎は少々驚いた。

背が高い。

「瀬能宗一郎と申します。存分にご指南願います」

「御流派は?」

「我流です。剣は父の直伝。父は真貫流だが工夫を加えたと申しておりました。某《それがし》も日々鍛練し、いささかの工夫を加えてござる」

「工夫とな……」

謙虚なのか尊大なのかさっぱり分からぬ男である。しかし……。

(この男。どこかで会ったことがあるような気もするが……思い出せぬ)

一心館の門下生は壁際に正座して二人を見つめている。

館内は気を抜くと壁に押し付けられそうな圧迫感に満ちていた。

「では参られよ」

二間（約三・六メートル）ほど離れて対峙《たいじ》し、互いにスッと正眼の構えをとった。
（あっ……こやつ。団子屋に居た奴だ）
弥次馬から頭一つ飛び抜けてこちらを見ていた顔があったのを突然思い出した。
（あの団子屋からわざわざ尾《つ》けてきたのか？）
その行動力と執念を思うと急に寒気が走った。
宗一郎はうっすらと微笑《ほほえ》んでいるようだ。
目の光が先ほどとはまるで違うものに変わっていた。
貪慾《どんよく》な真っ黒い瞳《ひとみ》が炯々《けいけい》と輝いている。
磯崎は相手の身体全体が鳩《はと》の胸みたいに膨れ上がったように感じた。

四

変事が起こったことは「一心館」に入る前に分かった。
いつもなら聞こえてくるはずの竹刀の音がしない……。
宮川菫仁斎はおまきを道場を通らない玄関口の方に促すと、館内に急いだ。
果たして、板の上で見知らぬ男が誰かを介抱している。

門人たちは左右の壁際に正座したまま固まっていた。皆一様に顔面蒼白《そうはく》である。

館内は水を打ったように静まり返っていた。

師範代磯崎の姿が見えない……。

門人の一人が気がついた。

「大先生」

他の門下生も巣の中のひな鳥のように「大先生」と言い出した。

にわかに騒がしくなったせいか、磯崎弥丙太は息を吹き返した。

気がつくと師匠宮川董仁斎が自分を挟んであの道場破りと立ったまま向き合っていた。

「お客人、ここでは何ですから奥の間に」

「わかりました」

道場破り……瀬能といったか……は屈託がない。それがいざ立ち合いになるとあんなにも……。

「お主も来い。弥丙太」

「は……はい」

館内に足を踏み入れた瞬間に何が起こったのか悟った。

ふらふらと立ち上がった磯崎の月代《さかやき》や手首に浮き上がっているミミズ腫《ば》れを見て相手の腕を知った。

残念ながら宮川の敵《かな》う相手ではなさそうだ。自分はとうに五十の坂を越えた壮年である。

まだ三十代で勢いもあり剣才もある磯崎弥丙太が、さらに若年の相手に敗れた。

「まだお名前を伺ってなかったな。儂は当館の師範宮川董仁斎」

「瀬能宗一郎と申します」

剣の道とは不断の努力もさることながら、持って生まれた才能でほとんどが決まってしまう。それが世の真実というものだ。だからこういうことは起こりうる。

剣の道を志して幾年とか、年齢の上下に別なく酷な結果は出てしまう。

如何《いかん》ともし難きは器の差。

今の門下生の中で磯崎を越える剣才はおるまい。多くの子弟がいくら励んでも将来剣術界に名を残すことはないだろう。

「何をしておる。他の者はそのまま稽古を続けよ」

凡庸なる弟子たちは大先生の発令で弾《はじ》かれたように立ち上がり、からくり人形のように竹刀を振り始めた。

素直に従う門弟たちを見て宮川はため息をついた。


道場奥の客間におまきは茶を運んだ。

客人である若い剣客は初めて見る顔である。朗らかに微笑んでおり、弓なりのつり目がお稲荷さんの狐みたいだ。

向かい合って座っている父の表情が硬い。

父の横の弥丙太も一度も顔を上げず目を合わそうとしない。うな垂れた頭に貼り付いている大きなミミズ腫れが痛々しい。

（一体何があったのかしら……）

普段は優しい父親だが、道場のことに関しては一切の口出しは許さない。この時もおまきは黙って下がるしかなかった。

「瀬能……殿は、どこの道場の門弟であらせられるか。誰か名のある方の御高弟ではあるまいか」

「某は道場に入門したことなどございませぬ。剣は全《すべ》て我が父に習いました。日々研鑽《けんさん》はしておるつもりですが未《いま》だ我流を通しております」

「我流……。では瀬能殿はお手前の流派を興すおつもりか」

「まさか。某にはそのような大望も甲斐性《かいしょう》もございませぬ」

「で、ではなぜ、当方に道場破りなぞ……」

「お強かったからです」

「は……？」

「そちらの磯崎師範代がお強かったからです。今日、八辻ガ原で剣も抜かずに見事にゴロツキを追い払われた。その手際の鮮やかだったこと……」

うっとりと目を細めている。

「それで是非ともお手合わせしたいと願い、やって参りました」

「そ……それだけ？」

「はい」

「真《まこと》にそれだけのことで……」

「他意はございませぬ。斬らずに……斃《たお》す。剣術を極めてどこまで行けるものなのか……」

宮川董仁斎は忸怩《じくじ》たる思いを嚙《か》みしめた。

この瀬能某《なにがし》はおそらく天賦《てんぷ》の才に恵まれし者なのだろう。

磯崎弥丙太も決して自惚《うぬぼ》れていたわけではあるまい。

ただ愛弟子《まなでし》に剣術以外の道場処世というものをまるで教えなかったのが間違いの元だった。

「よい立ち合いでした。また手合わせ願いたい……」

「こ、断る」

それまでうな垂れていた弥丙太が突然声を荒らげた。面《おもて》を上げたその額には脂汗が滲《にじ》んでいた。

「瀬能殿。これは袴《はかま》の損料でござる」

紙に包んだ幾許《いくばく》かの金子《きんす》を宗一郎の袖の中に突っ込んだ。

これは「この道場に二度と現れるな」という含みがある申し出だ。

「そ……そうですか。残念です」

過去に「袴の損料」を受け取らなかった為に後難を招いたことがある。無下に突き返すような真似《まね》はしなかった。

(某の探す答えは、このような立ち合いの中で見つかるような気がするのに)

売名や金が目当てでない道場破りほど厄介なものがあろうか……。

謎《なぞ》の剣客の見送りを済ませた後、おまきはこっそりと道場の中の様子をうかがってみた。

父が門下生を座って並ばせ何か訓示を垂れている。内容は耳を疑うものだった。

「当館の新陰流は日の本兵法の源流の一つ。由緒正しい流派である。組打ち稽古が当流をやや脆弱《ぜいじやく》に貶《おとし》めることが判《わか》り申した。目から鱗《うろこ》が落ちる思いぞ。当流はやはり形をもっての流儀が軸心。明日より流祖の教えに立ち返り木刀による形稽古に専念いたすぞ」

弥内太の姿は客間で見た時よりも更に小さく消え入りそうに見えた。

さて、この「一心館」には後日譚《たん》がある。

宗一郎と立ち合った翌日。磯崎弥内太は暇乞《いとまご》いを申し出た。

「一から出直しとうございます。関八州廻国《かいこく》修業の旅に出る所存です。どうかお許し願いたい」

許すも何もすでに破門覚悟で出立《しゆったつ》の決意をしているのはあきらかであった。宮川董仁斎は、額を畳に擦り付けんばかりにひれ伏している愛弟子を前に仏頂面で頷《うなず》くしかなかった。

「そんな……。余りにも身勝手ですわ。わたしは……一心館はどうなります。たかが野良犬に一度嚙《か》まれたくらいで……」

おまきの金切り声を弥丙太の怒号が遮った。

「野良犬にも劣る師範代の許《もと》に人は集まらぬ」

再び伏すと絞り出すようにいった。

「長年の御指南有難うございました」

磯崎弥丙太はその日の内に江戸を去った。

＊

その後も「一心館」はしばらくは剣術指南を続けたが、磯崎という求心力を欠き古法な形稽古のみとなった道場では門人が一人去り二人去り、三年も経たぬ内にとうとう潰《つぶ》れてしまった。

宮川董仁斎は道場を畳むと同時に屋敷も売り払い、娘と一緒に江戸から去った。

屋敷を買い取ったさる大店《おおだな》の旦那《だんな》は、このままで使えないものかと元「一心館」

を訪ねた。

旦那の目を引いたのは広々とした道場よりも正面の壁に掲げられた楷書《かいしょ》であった。

高名な書家か禅僧の筆だろうか。

素人目にも達筆で「諸行無常」とあった。

結局、屋敷は道場部分を改築し先代の隠宅とした。

隠居となった先代もこの楷書をいたく気に入り、部屋に置くには大きかったが額もそのままで飾ることにした。印に「董」の字が捺《お》してあったので、人を使って調べさせたが高名な書家や禅僧のしたためたものではなかった。

誰の作か判らぬまま「一心館」であった屋敷の居間に楷書は今も飾られ続けている。

＊

他日。

瀬能宗一郎はいつものように表通りを散策していた。

江戸の町並はいくら眺めていても飽きることがない。いつまでも新鮮な都である。

とある屋敷の前で足が止まった。

塀の中からパンパンと竹刀を打ち合う音がする。

（良い道場だなぁ………）

宗一郎の顔にうっすらとした笑顔が貼り付いていた。

第五話　矢場

一

「いらっしゃい……」

振り向いてお客を見たお勝《かつ》はいいさした。

若い浪人が店の出入り口の土間に立っていた。

昼九つ（正午十二時）。

昼飯時に客足がぱったり途絶えてしまうことがたまにあり、今がちょうどそんな刻《とき》だった。

願ってもないお客である。

年若い男なら充分に客層の内だが、その客はさらに年若い男……小さな男の子の手を引いていた。

お勝は苦笑した。

いくら何でも若過ぎだ。

ここは馬喰町の矢場《やば》「纏屋《まといや》」である。

「的」を「射」る「矢」を洒落《しやれ》て「纏屋」。

矢場というのはいわゆる楊弓場《ようきゆうば》で、小さな弓で的を射て遊ぶ江戸庶民の遊戯場である。現代の観光地や温泉街で見かける射的場と思ってよい。

ただ射的場と違うのは目当てが景品でなく、そこで働く女性たちだという点である。子どもの来る所ではない。

「オ……オイラ、こうゆう所に来ちゃまずいんじゃないのかなあ」

「何をいいますか。勘吉さん。武芸の才の有無を見極めるのに弓は良い手立てなのです」

「いや……だからさ、宗一郎さん。オイラはただちょっと、やっとうを習いてぇ……といっただけなのに。ここは……」

二人はどうやら親子ではないらしい。

(おかしな客だねぇ)

「纏屋」の矢取女、お勝は俄然《がぜん》この客に興味が湧《わ》いてきた。

宗一郎という名の浪人は何か勘違いしているようだ。

（まさか本当にここを弓の鍛練道場と思ってるんじゃないだろうねぇ。だとしたらどこの田舎侍だい）

勘吉と呼ばれた場違いな子どもの方がよほど物知りのようである。真っ赤になりながらうつむいている。見かねた他の矢取女が勘吉に助け船を出した。

「その子のいう通りですよ。お侍さん。そんなちっちゃな子は……」

茶々を入れるように、お勝が割って入った。

「いいじゃないか。大きかろうが小さかろうが、弓を射るならお客はお客だよ。どうぞ。ぼうや、お上がりなさいな」

「まぁ。お勝姐《ねえ》さんがそういうなら……」

矢場の女は若くて綺麗《きれい》でないとつとまらない。お勝は他の矢取女より歳《とし》も上だが、美貌《びぼう》も一段上だった。商売っ気も人一倍強い。

どうせ客は一人もいないのだ。せっかく来てくれたのに追い返すこともなかろう。

こうして「纏屋」は二人連れの珍客、瀬能宗一郎と勘吉を招き入れたのである。

矢場「纏屋」は初音《はつね》の馬場と郡代屋敷の間、橋本町四丁目の裏に店を構えていた。

矢取女が看板のお勝を含めて四人。客の矢を拾い集める役の矢返しの娘が三人。女だけ七人の大所帯である。江戸紫の地に白色の「纏」をあしらった揃《そろ》いの着物で客を迎え入れていた。

客のほとんどが地方から来るお上りさんで、吉原ほど金も手間もかからず気軽に遊べるのと立地の良さで店は大変に繁盛していた。

だが、どんな田舎者でも「纏屋」を弓の道場と勘違いする人間などいなかった。

(このお侍、どこの馬の骨で、どんな育ちをしてんだか)

暇にまかせてお勝は気まぐれに、ちょいとこの田舎侍をからかいたくなった。

楊弓場というのはだいたいどこも、射手から的までが七間半（約十三・五メートル）。垂れ幕に大中小の木製の丸い的を紐《ひも》で吊《つ》ってある。

「纏屋」はこの的が横並びに五つ。一人もしくは一組の客に一人ずつ矢取女が寄り添う。

勘吉は店の一番右端の的の前に陣取り、宗一郎はその横に立った。このおかしな客はお勝が受け持ったが、他に客もいないので残りの矢取女も宗一郎たちの周りに集まってきた。

昼日中から美女をはべらし実にいい身分であるが、

「一手指南よろしく頼みます」

と、あくまでも真面目《まじめ》に挨拶《あいさつ》をするので、お勝はふき出しそうになった。

「お……お願いしますぅ」

つられた勘吉の挨拶に、他の矢取女も袖《そで》で口を押さえて笑った。

「お弓も矢も、松竹梅とございますがどうなさいます？」

手早く弓を並べて見せた。ここは商売どころである。

楊弓場の弓矢は所詮《しょせん》遊具であり、本格的な物が出てくるわけではない。「纏屋」の松の弓は蘇芳《すおう》の木で作られたもので銀製の豪奢《ごうしゃ》な握りが付いていた。矢はやはり蘇芳製で、鷹《たか》の羽根を使い矢尻は象牙《ぞうげ》を嵌《は》めていた。

「うわぁ、すげぇ」

子どもは迷うことなく松の弓を手に取った。

「ぼうや。お目が高いねぇ。さすがだねぇ」

浪人も松の弓を手に取った。

「お侍さん。二百矢射って五十本以上を的に当てることがお出来になれば、名人としてお名前を貼《は》り出させて頂きますよ」

壁には何枚か紙が貼ってあり、朱書きで何の誰兵衛と書かれてあった。

「なるほど……。造作もありません」

「矢はいかほどご用意いたしましょう」

「勘吉さんには二百本。某《それがし》には……そうですね。とりあえず六十本でかまいません」

思いの外の自信。思いの外の気風《きっぷ》の良さ。矢場の矢なんてものは十本二十本とちまちまやっている内にいつの間にやら……というのが定石だ。

金がなく、あるいは単にケチで女を買うに至らず、見るだけで帰る客も多いのだ。弓矢代でもしっかり稼がねば商売にならない。

（コイツは結構いいカモだわねぇ）

たかが遊びとはいえ慣れていないと的に当てるのはかなり難しい。お手並み拝見と洒落込んだ。

「見ていなさい。勘吉さん」

　宗一郎は範を示そうと足場を決めて、胸の前で半弓のような弓を引こうとした。

「ちょいとちょいと旦那《だんな》。困るよ。立って射るんじゃないよ。ここは矢場ですよ」

「立ってはいけないのですか。しかしそれでは弓の鍛錬になりませぬが……」

「なに野暮なこといってるんですよぅ。まぁぼうやの方は構わないとして、旦那はだめですよ」

「ふむ……」

　何を思ったか宗一郎は、間仕切り代わりに置いてある床几《しょうぎ》を勝手にどかすと、畳座敷に腹ばいに寝転んで弓を水平に構えた。

　呆《あき》れたお勝が文句を付ける前に、続けざまに矢を射《う》った。

　カン。カン。カン。

　矢は三本とも一番大きな的に当たった。

「うわぁ。すげーなぁ。宗一郎さん」

「某は信濃の山育ちなのです。今の勘吉さんくらいの年にはこうやって雉《きじ》や兎《うさぎ》を獲《と》っていましたよ」

「へえぇ」

　生粋《きっすい》の江戸っ子、勘吉は小動物を獲ったことなどない。

お勝は違う意味で感心していた。

（このお侍、あたいと同じ信濃の出かい）

「勘吉さんもこのように射ってみてはどうです。よく当てられますよ」

「イヤだよ。かっこうわるいもん」

最初は照れてばかりいた勘吉だったが、ワクワクする気持ちが押さえきれなくなってきた。弓に触るのは今日が初めてだ。とにかく好きなように思うようにやってみることにした。何しろ矢なら二百本もあるのだ。

射ってみたが当たるどころか的にとどかない。瞬《また》く間に矢は二十本ほどなくなった。

「こいつはけっこうむずかしいね。宗一郎さん」

「うふふ。ぼうや、矢はこうやって射るんだよ」

お勝は寝転んでいる宗一郎越しに勘吉に弓を引いて見せた。

矢は軽やかな音を立てて見事、「中」の的に当たった。

「おおっ」

感嘆したのは宗一郎の方である。

ガバッと身を起こし向かい合わせに座った。

「今のをもう一度やって見せてくれませんか」

（そら来た）

宗一郎は食い入るように胸元の弓を見つめている。

（他愛《たわい》ないね。こりゃすぐにも奥の間行きかしらねぇ）

勘吉は見よう見まねでもう一矢射ってみた。

何と今度は当たった。コツンと小さな音を響かせ一番大きな的の端に当たったのだ。

「あたぁりぃー」

矢取女たちは、一斉に黄色い声をあげた。

「うへぇ」

二

矢取女の役割は字の如《ごと》くお客に矢を渡し、要望があれば弓の試技を披露して見せてやるのだが、それはあくまでも表向きの仕事。

矢を渡す際になまめかしい仕草で男を誘い、奥の小部屋で色を売るのが目的である。

お勝はぐっと胸をつき出し、立てた膝《ひざ》を心持ち開き加減にして艶然《えんぜん》と相手を見つめた。

ヒュッと矢を放つとまた的に命中した。

「むぅ……もう一矢」

「あいあい」

愛想良く笑みを返しながら少し苛立《いらだ》った。

(田舎侍のクセにあたいの品定めかい。思いの外助平な旦那だね)

さらに膝を開き脚の付け根ぎりぎりまで太ももをあらわにした。

割れた裾《すそ》からチラリと覗《のぞ》く白い肌に紅《あか》い長《なが》襦袢《ジバン》が映えて何とも艶《つや》っぽい。

ここまでして奥座敷に行かない野暮天は、抱きたくても勃《た》たぬ回春目当ての隠居爺《じじい》か、まだ女を知らず臆《おく》してしまった青二才か……。

宗一郎は胸元を食い入るように見つめながら、矢を射るように何度も頼んだ。

「そうか。あなたは左利きですね」

「はぁ……？」

散々、矢を射させた揚げ句の言葉がこれである。

「普通、弓というものは左で構え矢を右でつがえるものです。それをあなたは左引きで的を違《たが》えない。右利きではなかなかこうはいきません。しかしそれでもかなりの鍛練がいったでしょうね。いやいや感服いたしました」

目を輝かせてしきりに弓の腕前を褒めた。

この男は自慢の豊かな胸や白い脚に注視していたわけではなかったのだ。

（こ……この野暮天の田舎侍が）

それと同時に嫌なことまでいっぺんに思い出されて今度は血の気が引いた。

喝破された通り、お勝は左利きである。

矢取女は客と向かい合って弓を引いて見せるので普通とは逆の左引きである。的にちゃんと当てられるようになるには相当の修練が必要だった。

お勝は口減らしの為《ため》に売られた娘だった。

女衒《ぜげん》がたまたま信濃の貧村で「纏屋」の探していた条件――左利きの上玉――に見合う娘、お勝を見つけ江戸に連れてきたのだ。

「纏屋」に売られたのが十二の時で、女らしい身体《からだ》つきになるまでは矢返しとして働き、初めて客を取ったのが十六。

それ以降はずっと矢取女をしている。

今年で二十二になるのでこの手の店に出るには少し薹《とう》が立っているのだが、色白の肌と黒目がちの大きな目のおかげで若く見られた。吉原にいれば太夫《たゆう》になれそうな器量良しである。

しかし、若く見える顔とは裏腹に実際の歳以上の貫禄《かんろく》が備わっていた。

他の矢取女や矢返しの娘たちから「姐さん」と呼ばれているのは伊達《だて》ではない。店の女たちを統括しているだけでなく、実は店自体がお勝の物なのである。

先代は夫婦で「纏屋」を営んでいたのだが、子どもがおらず買ったお勝を養子縁組みして娘にした。

人情からではない。いわば年季明けのない女郎で、「纏屋」の所有物にされたのだ。

養父母に娘のように扱ってもらったことなど一度もなかったし、跡取りとして大事にされたこともない。貰《もら》われた次の日から丁稚《でっち》のように朝から晩まで働かされ、矢場のイロハを叩《たた》き込まれた。他の雇われ女と違い給金もなくこき使われ暇をもらうこともなかった。

そんな苛酷《かこく》な運命が逆転したのは二年前。大流行したコロリ病に罹《かか》り養父母は続けざまに死んだ。死んでから分かったのだが養父母夫婦には子どもはおろか親《しん》戚《せき》縁者さえもいなかったらしい。「纏屋」の所有権を主張する者は一人も現れず、お勝が店を引き継いでも誰からも文句をいわれなかった。


「さ……さすがはお武家様。よくお判《わか》りで」

ひきつる頬《ほお》をさりげなく袖で隠しながらあくまでも愛想良く合いの手を入れた。

「左引きか……」

まだ感心しきりの宗一郎は、お勝に背中を向け座り直し左引きを試みた。

鈍い音を残して放たれた矢は、垂れ幕には届いたものの的から外れてしまった。

二矢、三矢と続けざまに射ってみたが当たらない。

「あはは。宗一郎さん。うち方が変わったら当たらなくなったよ。お姐さんの方がよっぽど上手じゃないか」

「ううむ……全くです。面目無い。しかしなかなかどうして……難しいな」

「へたくそ。へたくそ。宗一郎さん、ちっとも当たらないよぅ」

「そういう勘吉さんも、先ほどの一矢だけでちっとも当たっていませんよ。あれはまぐれ当たりですか」

「ははは。ちげぇねぇ」

勘吉は最初の内の緊張も解けて次々と当たらぬ矢を射っていた。子どもなので矢返しの尻を狙《ねら》うような悪戯《いたずら》は仕掛けないものの、遠慮なしにどんどん打ち込むので拾う方も大変である。

さも楽しげに的当てに興ずる二人を見ているとお勝は腹が立ってきた。ぼちぼち客足も戻り、他の矢取女は真っ当なお客の相手をしはじめた。

(何ておかしな客だい。一体何しにきてんだか)

正直いって近頃、客は取っていなかった。気前が良さそうな客か、気に入った客だけ相手にしていた。自分の店なのだ。それぐらいの選《え》り好みをしたって罰《ばち》は当たらないだろう。

お勝目当てで足繁《あししげ》く通う常連も多い。気安く売らない方が客足も増えるのだ。そのお勝がこれほど頭から女を無視されたことなぞ一度もなかった。これほど弓を誉めそやした客もいなかったが……。

コッ。

乾いた音を立てて宗一郎の矢が的に当たった。

左引きで初めて当てたのだ。矢は既に五十本近く使っていた。

「当たりー」

　気のない声を出すと、宗一郎はくるりと振り向いた。

　お勝は慌てて愛嬌《あいきょう》を浮かべ科《しな》を作る。

「要領がわかりました。どうしても利き腕の弓を持つ右手で的を追ってしまう。それが上手《うま》くないのです。左で弦を引きすぎるのも手許《てもと》を狂わす原因です。力み過ぎぬことが重要なのです」

　どうだといわんばかりの得意げな顔が憎い。

　元よりの左利きだし武芸を嗜《たしな》んでいるわけでもない矢場の女に、弓の極意など説かれてもわかるはずなかろうに……。

（まるでガキだよ。頭に来るったりゃありゃしない）

「某にあと百五十本。勘吉さんに百本追加お願いいたします」

「よし来た。宗一郎さん。これからがほんとうの勝負だよ」

　あくまでも弓に徹するつもりらしい。

　お勝はウンザリしてきた。

三

本人の自慢通り、左引きのコツを摑《つか》んだようである。

一つ当てた後は立て続けに命中しだした。

最初は一番大きな的に確実に当てて見せたが、その内に「中」の的を狙い出した。

またしばらくは外れが続いたが黙々と射ち続けた。

コッ。

「当たりー」

もはや振り向きもせず、的を見据えたまま動かない。

集中しているのだ。これが武芸者、兵法者というものなのだろうか。

宗一郎は一度的に当てると続けざまに当てることが出来た。

「当たりー」「当たりー」

どうせ聞いちゃいないのだ。声を張り上げ連呼するのも馬鹿馬鹿しい。お勝の声にいちいち反応するのは向かい合わせの勘吉だけである。

「すげぇなあ」

子どもらしく素直に感心しながらも、宗一郎が矢を当てるたび負けず嫌いに一所懸命に矢をつがえた。鏡合わせの宗一郎をお手本にして少し向上が見られた。何と十本に一本は的に当たるようになってきたのだ。

「当たりー」

一応勘吉にも声を掛けてやらねばならない。

店の左側はいつものように普通の客を相手に順調に回転している。動かない右の客二人に矢取の看板女は貸し切られた状態で「当たりー」を連呼し続けた。

お勝目当ての常連客は、すぐにあきらめて適当に矢を射つと帰ってしまった。儲《もう》けが減っているといえば減っているが、その分宗一郎は矢をケチらないので金払いの良い客ではあった。

矢場なのだ。矢を射る客を締め出すのもおかしな話になる。

宗一郎はいよいよ一番難しい「小」の的に狙いを付け始めた。

お勝はその背中を見つめながら、とても底意地の悪い気になってきた。

矢返しにそっとあごで指示を出した。

それを受けた矢返しは、矢を拾い集めながら足の指先で的の吊ってある垂れ幕の端をくいっと引っ張った。

「ぬっ……」

仕掛けられた悪戯のおかげで的を外してしまった。

あまり使わぬ手だが矢返しにはこういった仕込みもしてあるのだ。

時おり腕に覚えのあるお客(主に武家だが)が、「三度続けて的を射ることが出来たら花代をまけろ」だの「十本同じ的に集めて見せるから安くしてくれ」だのといってくる。無下に断ると厄介なことになるので、「はいはい」と聞いておいて的には当てさせない。こういう無茶をいってくる野暮天は酔漢が多く、仕掛けを見破られることはまずない。放《ほう》っておいても当てられないのだが、万が一ということもあるので用心のための仕込みなのだ。

そうでなくても難しい「小」の的である。おかしな悪戯をされては当たるものも当たらない。

矢は垂れ幕にポンポンと音を立てて落ち、床に散らばった。

「ふぅむ……」

「へへっ。宗一郎さん、見ててよ」

勘吉は弦を引き絞って矢を放った。

コンッ。

「当たりー」

「見事です。勘吉さんはなかなか筋がよろしい」

勘吉は有頂天である。代わりに宗一郎の矢は全く当たらなくなってしまった。

（ふふふ。いい気味さね）

お勝はそっと後ろから宗一郎の横顔を覗き込んだ。

おかしな客だが嫌いな面差しではない。

一見するとつり目ばかり目立つが、色白ですっきりしたおとがい。うすい唇。細くてきりっとした眉《まゆ》。どことなく品が良い男である。

宗一郎はまた一本矢をつがえた。

（懲りもせずに、まだ射るか）

端整な横顔を見つめていると、つり上がった目がお勝を一瞥《いちべつ》しうっすらと笑ったような気がした。

矢返しは相変わらず尻で的を押したり、膝で垂れ幕を揺すったりと微妙な小細工を弄《ろう》している。

ビョウ。

鷹の羽根が空を切り裂く音を残し飛んでいく。

カッツーン。

矢は見事に「小」の的の真ん中を射ぬいた。

お勝の身体にぞくっと身震いが走った。

鮮やかな射的に一瞬矢場は静まり返った。

「あたーりー」

お勝でなく他の客の相手をしていた矢取女が声を張り上げた。次の瞬間場がどっと沸いた。

「おお、見事だねぇ。浪人さん」

「さすがにお武家様は違うね」

他の客からも声が掛かった。遊戯場でも女の前では男はいい格好がしたいものだ。いや遊びだから余計にそうなのかもしれない。他の客も一斉に矢を二十本追加した。

「すげぇ……」

勘吉は言葉を失った。得体は知れないが気安い隣人宗一郎が武芸十八般全《すべ》てに通じている達人に見えた。

「勘吉さん。もう良いのですか。矢はまだ随分残っていますよ」

「やるよ。やるよ。まだやるよ。ねぇねぇ見てておくれよ」

勘吉は弾《はじ》かれたように矢をつがえた。まるで矢を射る等身大のからくり人形のようである。

（わかった。わかった。あたいの負けだ）

放っておくとこのまま日暮れまで射ってそうで埒《らち》が明かない。

お勝は手を変えることにした。

両膝で立ち宗一郎の背中に覆いかぶさるように抱きつき豊かな胸を押しつけた。

そのまま相手のうなじに唇をつけて軽く吸った。

「えっ？　……うわっ」

首を回すと矢取女が潤んだ瞳《ひとみ》で顔を覗き込んでいる。

「弓がお上手なお侍さま。もしよろしければ、あたいがとっておきの奥義を伝授して差し上げましょうか。奥の間で……」

「お……奥義？」

「左様でございますぅ」

お勝は鼻にかかった甘ったるい声を出した。

宗一郎は大慌てで周りを見回した。

横の客は矢取女と身体を密着させている。

「当たりー」の他に男女の交接の時の嗚咽《おえつ》と嬌声《きようせい》がどこからか聞こえてくる。

「こ……この奥で、奥義……」

先ほど見事な矢を射った男伊達はどこへやら……しどろもどろである。

「野暮な旦那だよ。あたいの的にお前さまの矢を打ち込んでみなさるかい」

「ああ……。ああ……なるほど。そうか。そういうことですか」

照れ臭そうに使っていた弓を見つめ、銀の握りを掌《てのひら》でくるくると回してお勝に返した。

「いやぁ参りました。ここはそういう処《ところ》ですか。某はとんだ的外れなことを……」

「的外れかどうか……ためしていらしたら」

四

「やった。やった」

勘吉は躍り上がって喜んだ。

さすがにもう矢が尽きようかという時に、やっと「中」の的の真ん真ん中を射ぬいたのだ。

「ねぇ、見た見た。宗一郎さ……あれ？」

隣にいるのは宗一郎とは似ても似つかぬ別人だった。

猪首《いくび》の赤ら顔の男で黒い半纏《はんてん》を羽織っているのを見ると火消しか木挽《こび》き職人のようである。

勘吉はきょとんとした。

まるで狐《きつね》につままれたような気分である。いつの間にやら宗一郎が消えているのだ。

そういえばあの「当たりー」のお姐さんもいない。

「あ……あ……あの……ここにいた……」

「何だ。何なんだ。坊主。餓鬼が何でこんな処にいるんだ」

酒臭い。猪首の赤ら顔はあきらかに酔っ払いだった。まだ日中である。

埒が明かない上に絡まれるのも御免だ。横に座っている店の女の人に尋ねた。

「ここにいたお侍と、さっきのお姐さんはどこですか？」

女の人は袖で口を押さえて笑った。

「ませているのねぇ、ぼうや。でも野暮なこと聞くもんじゃないわよ」

ひと際大きな嬌声が店の奥の方から漏れてきた。

（やられた。オイラ、お……おいてけぼりを食わされた。だまされた。なんかだまされた）

さっきまで楽しくはしゃいでいたお店が、突如知らない異空間になってしまった。

「ご……ごめんなさい」

それだけいうと脱兎《だつと》の如く逃げ出して「纏屋」を後にした。

結局その晩、宗一郎は、かたぎ長屋には帰ってこなかった。

（いったい宗一郎さんはどこにいったんだろう？　まさかまだあのお店ってこと

はないよな)

無責任に置いてけぼりを食らった勘吉だが張本人の安否が分からないと、自分の方が置き去りにしたようで妙な罪悪感を覚えた。

翌日も翌々日も宗一郎は帰って来なかった。

勘吉のおっ父の留吉は、にやにやしながら軽口を叩いた。

「あの野郎。他所《よそ》で情婦《いろ》でも出来たんじゃねぇのか。このまま帰ってこなくても構わねぇんだけどなぁ。うひひ」

「滅多なことというもんじゃないよ。瀬能さんに失礼じゃないか」

元より隣人を快く思ってない留吉はここぞとばかり、おりつをからかった。

「あの立派なご仁は今ごろどこで何してんだかねぇ」

「そりゃお侍さんだもの。剣の腕を磨いていなさるのさ。修業よ。武者修行ってやつ……」

「どんな武者修行だか分かりゃしねぇな」

「もぉ、いい加減におしよ」

おっ父とおっ母の話を小耳に挟みながら、まんざら心当たりがないわけでもない勘吉はまた一人で悶々《もんもん》と悩んだ。

（宗一郎がこのまま帰ってこなかったらどうしよう……。やっぱりあそこをもっと探していっしょにかえったほうが良かったのかしら）

それにしてもまたもや親に相談出来ない内容だ。

「矢場」に出入りしたなんてしれたら大目玉どころではないだろう。

（なんで宗一郎にかかわるとろくでもない思いをさせられるのだろう）

近頃は良好な関係を築きつつあった二人だが、やはり見立てが甘かったと思わざるを得ない。少し腹も立ってきた。

少なくとも勘吉だけは本気で宗一郎の行方を心配しているのだ。だからこそ腹も立つ。

（どうしてんのかなぁ……宗一郎。ずっとあそこにいるのかな？）

勘吉のいうところのあそこ。件《くだん》の楊弓場「纏屋」の中から二人連れの客が出て来た。

「全くどうなってるんでい。お目当てのお勝の声はすれど姿は見えず……」

「ずいぶん艶っぽい声だけは聞かせてもらって嬉《うれ》しいのだか情けないのだか……」

「頭にくるぜ。お勝姐さんはしばらく貸し切りと抜かしやがった」

「一体どんな野郎なんだろうね。あのお勝を借り切っちまってんのは」

「なんでもまだ若《わけ》ぇ浪人らしいよ」

「きしょうめ」

「纏屋」の壁に新しく名人の名を朱書きした和紙が貼り出されていた。

天下惣一
名人　瀬能宗一郎さま
「緩急自在」

翌朝早くに目が覚めてしまった勘吉が、雪隠で小便をしていると、木戸を開ける音が聞こえた。

朝もやの中に細長い影が近づいて来る。

「おや早いなぁ、勘吉さん。ずいぶんと久しぶりな気がします」

勘吉は思わず笑ってしまった。

久しぶりに見る宗一郎はくたびれて幾分やつれたような感じである。

目の下に大きな隈《くま》が出来ている。

「あのお姐さんといっしょにくらすんじゃないの？」

「いやいや商売にならぬといわれ追い出されてしまいました」

「何日もなにをやっていたんだい？」

「奥義の伝授……かな」

「弓の」

「弓も」

何となく察したつもりだが、やはりよく分からず勘吉は小首を傾《かし》げた。

「いずれの道も極めるとなると真《まこと》に骨が折れるということなのですよ……」

そういうとみっともないほどの大あくびで宗一郎は自分の家に入っていった。

通った後にぷぅーんと白粉《おしろい》のいい匂《にお》いが漂った。

（おっ母は宗一郎からこの匂いがするのは嫌だろうなぁ……）

よく分からないながらもそう察した。

第六話　手習

一

「よし、詳しく話してみな。じっくり聞いてやらぁ」

客に茶を勧めながらかたぎ長屋の大家与左衛門は、腕組みし、小首を傾《かし》げて目をつむった。本人は気付いていないが沈思黙考する時の癖であった。

「へい。お忙しいところに、お邪魔してすいません」

長屋の奥にある大家の屋敷の居間で、ずんぐりした体を丸めて恒五郎《つねごろう》は茶をすすった。

「別にもう忙しい身じゃねぇよ。お前の方こそ忙しそうだな。ここに顔を出すのもずいぶん久しぶりだろう」

「ご無沙汰《ぶさた》しちまって申し訳ねぇです」

客の恒五郎より与左衛門の方が偉そうにしているのは、相談に乗っているからだけではない。二人は元々親分子分の間柄であった。

与左衛門は今でこそ長屋の大家に納まっているが、その前身は岡《おか》っ引《ぴ》きの親分「神田の与左衛門」である。まだ五十に届くか届かぬかぐらいの歳《とし》で、大家としては随分と若い。

小柄だが強者《つわもの》。捕物で鍛えた捕縄術、特に早縄と礫打《つぶてう》ちの名人で武道の心得もあった。

炯々《けいけい》とした眼光で、かたぎ長屋の荒くれ職人連中からも一目置かれていた。

他の親分連中は顔役の侠客《きょうかく》やゴロツキといった手合いが多い中、与左衛門は珍しく潔白な人柄で知られていた。十手《じって》を笠《かさ》に着た恐喝や収賄は一切せず、お勤めの姿勢も堅実で、同心たちの信頼も厚かった。

神田界隈《かいわい》を仕切る有能な親分ではあったが、一介の岡っ引きがいかにして地主差配人と成り得たかはつまびらかにされていない。

与左衛門にお縄になった連中は口さがなく「前の地主の弱みを握り脅して譲渡させたに違いない」と中傷した。与左衛門の肩を持つ人々は「前の地主はごくごく近い身内で、亡くなる前に長屋を託したのだ」とわけ知り顔で噂《うわさ》した。

真実は悪意善意の噂半々といったところなのだが、与左衛門の大家としての評判が安定すると悪い噂の方は自然に立ち消えとなった。

耄碌《もうろく》して岡っ引きを引退したわけではない。故に、かつての子分が知恵を拝借しに訪ねて来る。恒五郎もその一人であった。

「どうも嫌な一件になりそうな気配が濃厚でしてね。親分……」

跡目を継ぎ自身も親分になっている恒五郎は、その嫌な一件を語り始めた。

「いわゆる辻斬《つじぎ》りなんですがね。斬られたのは、まだ年端のいかねぇ小僧とその母親でして……」

「子ども……子どもが殺されたのか?」

「へい。ホトケさんたちは今朝、和泉橋《いずみ》と新橋《あたらし》で別々に見つかったんですよ。二人とも斬《き》り痕《あと》が似てるってことで、調べたら富松町《とみまつちょう》に住んでる親子だと判《わか》りましてね。同じ野郎に同じ場所で斬られ、その後で神田川に投げ捨てられたと……まぁこういった次第で」

「朝までホトケさんが見つからなかったってことは、殺されたのは夜回りの後ってことか。だとすると木戸番は何をしてやがったんだ。その子を見とがめなかったのか……?」

「それが……母親は名をお清《きよ》というのですが、一年ほど前に亭主を亡くしましてね。それから母一人子一人の長屋暮らしだったのですが、どうにも立ち行かなくなって、最近じゃ身をひさぐようになっちまったらしいんですよ。小僧は太一《たいち》というのですが、夜の間にちょくちょくいなくなる母親を心配して、木戸番の目をかい潜《くぐ》り、後を尾《つ》けて辻斬りに遭っちまったという次第で……」

「何ともやり切れねぇ話だな」

目をつむっている与左衛門の眉間《みけん》に深い縦皺《たてじわ》が入る。だが話にはまだ続きがあった。

「実は……昨日の夜が初めてじゃないんですよ。同じ野郎がやったと思われる辻斬りが、このところ相次いで五件」

「五件……って、おいおい。お前たちは何をしてやがったんでぃ」

「すいません。それが先の五つは殺されたのが橋本町の裏長屋の連中でして、大道芸人やら願人坊主《がんにんぼうず》やらで正直、誰も気を入れて調べていなかったもんで」

「何て怠慢だ。そんなことじゃ十手の鑑札を取り上げられちまうぜ。何か手掛かりはないのかい」

「まだ今のところは……。ただこの野郎は人を斬るのが好きで好きで堪《たま》らねぇという厄介な手合とみました」

「というと……」

「先の五人は手や足を斬り飛ばされて殺され、昨日の二人はちょっと趣向を変えて浅手に何度も袈裟《けさ》懸《が》けて最後に心《しん》の臓をひと突き。いずれにせよ人を切り刻んで弄《もてあそ》んでいる次第で」

「なるほど嫌な一件に違いねぇな。下手人の目星……少しくらいはついてるのか？」

「まずはお侍。こいつは金に困ってねぇ奴ですね。そうでなきゃ貧乏な芸人や夜《よ》鷹《たか》なんて手に掛けないでしょう。あっしが思うに野郎はやっとう狂いの試し斬りか、あるいはあらゆる遊びをし尽くした果ての人斬り趣味の手慰みか……」

「うぅむ」

「何しろ神田界隈《かいわい》で起きた辻斬りですから。晴れて一件落着となるまで親分の所にもちょいちょい寄らして頂きやす」

去り際に、何気なく店子《たなこ》の様子を訊《たず》ねてきた。

「そういや大晦日《おおみそか》は大変だったようで、吾助爺《じい》さんも間の悪い時にお迎えがきましたねぇ。けれど正月早々に空きが埋まってよかったですね。新しい店子はお武家様で名は確か……」

「瀬能宗一郎。いっちゃあ何だが、お武家様って柄じゃねぇ。しがねぇ浪人さんだよ」

与左衛門は笑って応《こた》えたがピンと来た。

(正月の挨拶《あいさつ》もろくに来なかったクセによく知ってやがる。調べやがったな……)

「ここに寄る前にチラとお見受けしました。少々変わった御仁ですな」

「んん……確かにな。奴《やっこ》さんが何か……?」

「先ほども吹き抜け窓から顔を出して空を眺めておりましたよ。竈《かまど》に足を掛けて、その上に立ってらっしゃるんでしょうな。そのさまを思い浮かべると、どうにも可笑《おか》しくて」

「まあ、変わり種は変わり種だな」

「昼間からどうもいいご身分な方のようで」

「あれで人が良いので近所の子どもたちにも好かれているみてぇでな」

和やかに会話しながら、新旧親分同士の肚《はら》の探り合いはしばらく続き、今日はここまでと見切った恒五郎は本当に暇乞《いとまご》いをして帰って行った。

収まりのつかないのが後に残された与左衛門である。

恒五郎が長屋の木戸をくぐり抜けるのを見届けると早速、瀬能宗一郎の所に向かった。

二

なるほど恒五郎のいっていた通りである。

宗一郎は吹き抜け窓から顔だけ出して空を眺めていた。

大の大人が屋根にのぼるでもなし、ご丁寧に窓枠に両手を添えて上を見ている姿は妙ちきりんこの上ない。

恒五郎が行きがけに見かけたのであれば、かなり長い間空を見続けていることになる。

(なるほど、かなりの阿呆面《あほうづら》だわい……)

わざとらしく咳払《せきばら》いをして来訪を告げた。

「おや、与左衛門さん」

本当にたった今気づいたようである。

「降りて来てくんな。話がある。中に入るぜ」

何をしていたのか訊《き》く気にもなれない。おそらく見たまんま空を見ていただけなのであろう。

「鳶《とび》と烏《からす》というのは飛ぶ高さが全然違う。仲が良いとも思えませんが、喧嘩《けんか》を避ける術《すべ》を知っている……」

開口一番がこれである。つくづくこの不思議な男を見つめた。

(何だってわっしは、この男の身元を引き受けちまったんだろうか……)

瀬能宗一郎を店子にしたのは、地主で大家の与左衛門本人の独断である。

宗一郎は身内や親戚《しんせき》はおろか顔見知りさえいない状況で江戸にやって来た。

二人を引き合わせたのは、本人が信濃から携えてきた紹介状のみ。

それが唯一の伝手《つて》であったが、それも蜘蛛《くも》の糸のように細いわずかなつながりでしかなかった。

宗一郎の母親の実家は信濃では名の知れた商家だそうだ。

与左衛門の女房お金《かね》の母も信濃者で、若い頃に奉公に上がり大変世話になったらしい。

つながりといえばたったこれだけのこと。

それでも信濃くんだりからわざわざ訪ねて来たのだから、無下に断るのも大人げない。

仏心から見ず知らずの若者に会うだけは会ってやることにした。

果たして件《くだん》の若者はというと、色白で狐《きつね》を思わせる面つき、つり上がった目に澄んだ瞳《ひとみ》が印象的な侍であった。

その肉付きから相当の遣い手であると見抜いていた。

(この若《わけ》ぇのは、人を斬ったことがあるな)

岡っ引きの直感だ。

だが、テメェの見立ては間違っちゃいねぇと確信があった。

いきがった三下《さんした》が「人を殺したことがある」とほざくのと、本当に殺しちまってる野郎とではかもし出す雰囲気が違う。

とにかくこのひょろ長い若造は、静かなたたずまいながらも修羅の相があった。

だがその目には、人を殺《あや》めた者特有の昏《くら》い影がない。そこが何ともいえず不思議であった。

(妙な野郎だな。後ろ暗くねぇ殺し……そんなもんあるのか。親の仇討ちか何か

ってことかい)

当たらずも遠からず。純真な心と凄腕《すごうで》という組み合わせ。長年の経験から、この若者は自分の手許《てもと》に置いておいた方が良いと直感した。店子選びの目利き振りでその大家の力量が判る。

これが与左衛門の持論であった。

お縄にしてきた連中を見ていると、つくづく悪人になるような輩《やから》は最初っから腐っているというのが実感である。

悉有仏性《しつうぶっしょう》。人間には皆、仏になる種がある。

お偉い坊さんは有り難くもそう説いてらっしゃるが、それはお寺の境内の中でのお話で残念ながら俗世はそう出来ちゃいない。

お釈迦《しゃか》様のおっしゃるように、人に仏の種があるとしても一緒に鬼の種も持って生まれてくるのだろう。

三つ子の魂百までもだ。どっちの種が芽吹くかは、それこそ育ちってやつだろう。

独自の人物鑑定眼は岡っ引き時代に培ったものである。

その与左衛門を以《もっ》てしても瀬能宗一郎という人間はどちらとも判然としない不

思議な人物であった。

大江戸の他のどこに置くよりもテメェの所の方がマシだろうと、老婆心《ろうばしん》とも親心ともつかぬ気持ちが湧《わ》きあがり長屋に留《とど》めたのだ。

長屋に住まわせたからといって何をしてやるわけでもなかったが、恒五郎の探り入れは腹立たしい限りであった。

「つかぬことを訊くが、お前さん昨日の夜はどこにいた？」

「ここにおりましたよ」

「一人でかい？」

「もちろん一人ですよ。独り身なのはご存知でしょうに」

「んん……まぁ、そりゃそうだが」

改めて住まいを見回してみた。

ここは昨年末まで吾助という左官の老人が長年住み暮らしていた。吾助爺さんが亡くなり後釜《あとがま》で宗一郎が店子になったのだが、家具は使い古しだし、枕屏風《びょうぶ》の向こうにきちんと畳まれている煎餅《せんべい》布団も吾助が死んでいた時にくるまっていた物をそのまま敷いているらしい。侘しいというか、殺風景というか。

「誰か一緒でなかったのかい？　お前さんは隣の勘吉と仲が良かったろう」

「いくら仲良くったって、夜にお隣の子を連れ込んだりはしませんよ」

奇行の主から、非常識を諭されていささかムッとした。

「昼間は何してた？　ここ何日かだけどよ」

「一昨日はそれこそ勘さんと一緒でしたよ。手習いの帰りにばったり。あん団子を驕りましたよ」

本人が目の前にいるにもかかわらず大きなため息をついてしまった。

「近頃はどうだ？　やっているか……その……やっとうの方は」

「どうも全くいけませんね……。江戸はこれほど稽古《けいこ》場が多いのに、近頃は一手指南と乞《こ》うてもまずは門前払い。どこもかしこも判で押したように、当流は門外不出。他流仕合いは厳禁でござる……とこうですよ」

「まぁ、剣学場にもそれぞれ事情ってのがあるんだろうよ」

「実は少し前まではこんな風ではなかったのです。小ぶりだが威勢の良い町の稽古場を十二、三軒は廻《まわ》ったでしょうか……。まぁ自信もついてやっと高名な剣学場で腕試し出来ると楽しみにしておったのに。……どこもかしこも鼻も引っかけてくれません」

（そいつは鼻も引っかけられてないんじゃなくて……）

いい掛けて止《や》めた。

「これと思う剣客はすでに何人かおるのです。かれこれひと月。どなたともお手合わせが叶《かな》っておりません。いい加減に苛々《いらいら》いたしますね」

言葉の端々に怒りと憤りがにじみ出ていた。

（恒の野郎、確か辻斬りはひと月前から出始めたといっていたな……。どうにも具合が悪いことになってきやがったな）

与左衛門は思案投げ首で黙ってしまった。

「なぁお前さん。やっとうの方はしばらく休みにしといて、働いてみちゃどうでい」

「は……？」

「いい若ぇ者《もん》があんまりぶらぶらしているのは正直感心できねぇ。拠《よ》ん所《どころ》ない事情があるならいざ知らず、わっしの長屋ではそういうのは困るんだよ」

気まずい沈黙が降りた。

理由は詮索《せんさく》していないが宗一郎が日銭に困っていないのを、与左衛門は知っている。

入居時に気前よく家賃一年分を先払いしているのだ。暮らしも質素だし文句をつける筋合いの店子ではない。

突然、口うるさくなったことに反発してくるかと思いきや、口を開いた宗一郎は素直だった。

「うーん……しかし、某《それがし》に一体何が出来るでしょうか？　剣術しか知らぬ身です」

「そ……そうか。働くのはやぶさかじゃねぇのか」

「ええ。まぁ……」

「お前さん、読み書きくらいは出来るんだろ」

「剣は父から、読み書きは母から厳しく仕込まれました」

「そうかそうか。読み書きさえ出来りゃ働き口なんざ何とかなるものよ。待っていてくれ。わっしに数日おくれよ」

今度は宗一郎が首を傾げる番である。

宗一郎には最初から最後までよく分からない大家のつむじ風のような訪問であった。

三

果たして三日後。

与左衛門がきちんとした羽織袴《はかま》姿で再び宗一郎の家を訪れた。

「どうでぃ。仕度は出来ているかい」

「えーと……」

大家の話などすっかり忘れていた。

「お前さん、どうせその黒っぽい一張羅しか無《ね》ぇんだろ。月代《さかやき》と髭《ひげ》があててありゃいいよ」

小さな風呂敷包《ふろしきづつ》みを持った与左衛門に引き立てられるように表通りに出た。

かくしゃくと歩く正装の大家の後をとぼとぼと店子がついて行く図は、奉行所に出頭する下手人のようである。行き先はもちろん奉行所ではない。着いた先は何と勘吉の通う手習所「三法堂」であった。

（まさか……ここが）

そのまさかであった。

表からは何度も見たことがある「三法堂」の中に初めて通され妙に緊張した。奥で骸骨《がいこつ》のような僧侶《そうりょ》が待っていた。

「よろしくお願いします。法元先生。こちらがうちの長屋の瀬能宗一郎殿です」

与左衛門がかしこまって風呂敷包みを差し出した。

中味は浅草待乳山《まっちやま》の金龍山米饅頭《きんりゅうざんよねまんじゅう》。朝早くわざわざ浅草まで出向き買い求めたのであろうか。

「待っていろ」といってから数日、諸々《もろもろ》の準備を整えていたようだ。

子どもが手習所に入門する際に親が同伴して師匠に菓子折りを納める束脩《そくしゅう》という慣例があるが、これではまるで宗一郎の束脩である。

「せ……瀬能宗一郎です」

「拙僧は法元。本業は麟祥《りんしょう》院の役僧じゃ。お互い雇われの身。今日からお前様とは同輩となるなぁ。とはいっても儂《わし》がここに来るのは一日置きじゃ。儂の来られぬ日をお前さんに穴埋めしてもらうわけじゃ。女だけでは不用心だでな。与左衛門さんから事情は聞いておる。以後よしなに」

気さくな人柄に緊張が少し和らいだ。与左衛門も法元の偉ぶらない人格に信を置いているようである。

「おーい」

法元に呼ばれて中年増《ちゅうどしま》くらいの女性が入ってきた。丸髷《まるまげ》を結っているのに眉《まゆ》を落とさずお歯黒もしていない。

「三法堂の主《あるじ》、倉でございます」

出戻りであることはしばらく経《た》ってから知った。

あれよあれよという間に話は進み、宗一郎は明日から手習師匠を務めることが決まった。

(やれやれ面倒なことになった)

ここは大家の顔を立てるためにも、しばらく手習師匠の真似事《まねごと》をしなければならない。

この時代、生まれつきの身分はきっちりしている割に、資格というのはあいまいなものが多かった。例えば医者や手習師匠などは名乗ればその日からなれる職業であった。ただし世間様に認められるような才覚が無ければ商売としては立ち行かない。

＊

次の日いつものように登塾した勘吉は驚いた。お倉先生のはずが、宗一郎であったからだ。

「な……なんで、宗一郎さんがここにいるんだよ？」

「全くなぁ。奇縁としかいいようがありません。ともかく本日より法元先生が来られない日は某が師匠を務めることになりました。瀬能宗一郎と申します。皆の衆も以後よろしく」

手習所は男女別学で男児は男師匠、女児は女師匠が受け持った。

「三法堂」では法元が来られない日はお倉が兼務で教えていた。手習弟子たちは、付きっきりでないので緩みがちであった。せっかくの楽な日々もこれまでかと思いきや、新しい先生は最初っから大あくびを連発している。

始業時間は朝五つ（午前八時頃）なので取り立てて早くもないが、宗一郎は剣術の稽古以外の早起きとなるとおっくうで仕方がなかった。

手習所の休日は毎月一日、十五日、二十五日の三休。一日置きの出勤なので月の半分は休みなのだが、計算すると当番日がいずれもその三休とは被《かぶ》っておらず初日からがっかりである。


「宗一郎さ……いや宗一郎先生。ほらはやく手習いをはじめなよ」

不甲斐《ふがい》なさが滲《にじ》み出ている新米師匠を心配して勘吉は師匠用の唐机《とうづくえ》の側《そば》に陣取った。


「ええっと……みなさん。いろはでも書きましょうか……」

「適当に」といいかけたのが丸わかりである。

「宗一郎先生。いろははもうみんな書けるよ」

「おお。そうですか……すごいな」

年上の教え子たちはもう失笑している。

「宗一郎先生。『商売往来』をつかったらどう。それならまだみんな終わってないよ」

『商売往来』とは代表的な教則本で、商いに関する言葉遣いや使用頻度の高い文字が列挙してある実用的な教科書である。教則本は下に『往来』がつく題名が多く、年少者には『幼年往来』、武士の子弟には『庭訓《ていきん》往来』といった具合である。

「みんな、この本で適当に習字してください」

今度は「適当」という言葉をはっきり口に出し、教則本を読み始めた。

思いの外さばけた先生に手習弟子たちは大喜びであった。

（おいおい。だいじょうぶかよ……）

勘吉は気が気でなかった。

隣の子は蝶々《ちょうちょう》の絵など描《か》き始めている。

（気をそらすな。気をそらすな……）

先生の指示を真面目《まじめ》に受け、『商売往来』からまだ習っていない漢字も書き写していった。

「上手《うま》いじゃないですか」

突然上から声が掛かり、ぼたっと墨を落としてしまった。

いつの間にか後ろに立っていた宗一郎が取り上げたのは横の子の「蝶々」である。

「へぇー」

感心しきりの師匠は唐机に戻ると何やら自分も描き始めた。

しばらくすると「なぁーんだ？」と大きな声で自分の作品を皆に見せた。

何やらぐにゃぐにゃした線が半紙一杯にのたうっている。弟子たちは首を傾げた。

「あっ……わかった。タコだ」

思わず手を上げて答えてしまった。

いわれて見れば蛸《たこ》に見えなくもない。しかし下手くそな絵である。

瀬能宗一郎は剣才はあっても画才は丸っきりないようだ。

「よし。各々《おのおの》で好きな生き物を描き、当てっこをしてみましょう」

師匠の方針である。皆嬉々《きき》として従った。

ふざけた手習いにハラハラしたが、半紙に絵を描き出してみると意外と楽しく、はまってしまった。

ネズミを描いてみたのだが、なかなか良く描けて皆にもすぐ当てられた。

年長の者が「鼠」に刺激を受け「丑《うし》」を描き、これを皮切りに「寅《とら》」「卯《う》」といつの間にやら「十二支」全《すべ》て出揃《でそろ》った。弟子の稽古机をどかして干支《えと》の動物画を、畳の上に順に丸く並べると十二支の勉強になった。

ちなみに「蛸」以外の宗一郎の絵は惨憺《さんたん》たる出来栄えで「龍」も「巳《み》」も一向

に区別のつかぬ代物でいずれも「ぐにゃぐにゃしている何か」であり、手習弟子たちには「先生の絵はどれも犬の糞《くそ》みたいだなぁ」と酷評された。事実その通りだったので反論のしようもない。

昼になると手習いは一旦《いったん》終了し、子どもたちは自宅に戻り昼食を済ませ、また戻ってくる事になっていた。

「勘さん。一緒に蕎麦《そば》でも食べませんか」

近くの屋台で奢《おご》ってもらった。

「どうでしょうか。某の師匠振りは？」

「ど……どうって……あ……あんなのは初めてだよ。お倉先生も法元先生もあんなことしないし……」

「そうですか。良かったですか？」

「良いとか悪いとかっていわれてもこまるよ。まぁたのしかったけど……」

「そうですか。そうですか。楽しかったですか」

気を良くしているようなのでクギを刺した。

「でもずっと三法堂で先生をしたいなら、もっとちゃんとしたほうがいいと思うけど」

「またあの『商売往来』ですか……」

「まぁそういうことになるのかな」

「ふーむ……。しかし己がよく知りもしないことを教え諭すというのは傲慢《ごうまん》というもの……」

それきり宗一郎は黙ってしまい何やら考え込んでいるようであった。

二人は「三法堂」にもどり、午後の手習いが始まった。

午前中は習字を中心に、午後は算術や礼法といった内容に変わる。時間はおおむね昼八つ（午後二時頃）までである。午後は家業手伝い等の家の事情から教え子の数が二、三割減るが今日はちがった。宗一郎が何をしでかすか皆興味津々《しんしん》であった。

「この中で家が商いをしている者はおりますか」

年長の教え子の一人がおずおずと手を挙げた。

「名は何と申すのです」

「弥助《やすけ》です」

「よろしい。弥助さん。某に商いの実際を教えてください」

突然の指名を受け弥助はどぎまぎして耳まで赤くなった。

「師匠と手習弟子の、とりかえばや物語です。弥助さんが師匠となり、皆に『商売往来』の中味を説いて聞かせてください。某も弥助先生の手習弟子になります」

最初はおずおずしていた弥助だが、実家である乾物屋の客との応対を実際に再現して見せると本人も乗ってきた。

周りの手習弟子たちも次第に引き込まれていき思いも寄らぬ白熱した内容となった。

宗一郎の手習師匠第一日目は大好評の内に幕を閉じた。

以後発表形式の手習いは弟子たちの持ち回りで続けられた。

勘吉の番のお題は「大工の腕の良し悪しの見分け方」であった。

さて瀬能宗一郎が素晴らしい手習師匠であったかというと疑問である。

真面目に発表を聞いていたのは最初の数回だけで、勘吉の回が済んだ後は一番後ろの席を陣取り寝っ転がっていたという。

少し開けた障子から空を見上げるのが大好きで、流れるままに雲の形が変わるのを飽きずにずっとながめていたそうである。

第七話　玉緒

一

川開き（例年五月二十八日）からこっち花火の上がらぬ日はない。

毎夜毎夜、大川の方からドォーンドォーンと景気のいい音が響き、両国橋の上は見物客が鈴なりだ。これが三ヶ月も続くのである。

川開きの日は勘吉に案内してもらい両国橋まで花火見物をした。

夜空一杯に広がる真っ赤な花火を初めて観《み》て宗一郎はいたく感激した。

それから毎夜、大川の川岸のどこかに出かけて花火を観るのが楽しみになった。

最初のうちは付き合ってくれた勘吉だが、度々となるとさすがに飽きたようだ。

「そんなに行きたきゃ、宗一郎さんひとりで行きなよ」

勘吉だって生粋《きっすい》の江戸っ子である。人並み以上に花火は好きなのだが、宗一郎が子どものようにはしゃぐので一緒に行くのが恥ずかしくなってしまったのだ。

「勘さん見た見た？　さっきのより大きいですよ」

「お……おんなじくらいじゃない」

「いやいや、さっきの方が……。あっ、見てみなさいな。ほら、また……」

これでは自分まで田舎者に見られてしまう。

覚えたばかりの「玉屋《たまや》」「鍵屋《かぎや》」の掛け声を得意になってやっている姿も小っ恥ずかしい……。


確かに毎夜毎夜勘吉を連れ回すのもいかがなものかと宗一郎も思い直し、一人で行くことにした。

夕方に一風呂《ひとふろ》浴びてから、手ぬぐいを引っかけそのまま両国橋に向かう。屋台で蕎麦《そば》をすすりながら花火の一発目を待つというのが日課となっていた。

その日も大川を少し下り、元柳《もとやなぎ》橋を渡って松平丹波守《まつだいらたんばのかみ》と諏訪因幡守《すわいなばのかみ》のお屋敷の前に陣取った。

川岸ぎりぎりの最前列で夜空に咲く真紅の大輪を見上げていると、勘吉はいないはずなのに目の端に何かそのようなものが映った。

横を見ると、幼い子どもがやはり川岸の一番前で花火を見上げていた。

(さすがは江戸っ子。幼くとも一人で花火を見るのか)

感心しきりであったが、そうではなかった。

その子は花火見たさにふらふらと前に出てきてしまい、迷子になっていることに気づいていなかったのだ。

花火が途切れ、振り向くと見知らぬ大人たちの壁。その時、親とはぐれていることに気がついた。思わず後ずさりして、石垣にかかとをぶつけ倒れ込んだ。しかし後ろは地面ではなく川である。

「あっ」

周りがどよめいた瞬間、宗一郎は左腕を突きだしてその子の襟首を摑《つか》んだ。そのまま鞠《まり》のように川岸に放《ほう》り上げ、子どもは無事に地べたに……身を入れ替えた宗一郎は大川に落下した。

派手な音を立てて水に落ちたが、賑《にぎ》やかな音と共にすぐ岸に登った。

あえなく川に落ちてしまった自分を恥じたが、上がった時は周りから拍手喝采《かっさい》が湧《わ》き起こった。

「い……いやぁ不覚をとってお恥ずかしい限りで……」

「身をていして子どもを助けるなんざなかなか出来ねぇ。大したもんだぜ」

「ご立派だよ浪人さん」

「川に落っこちたのはご愛嬌《あいきょう》だ。涼しそうで丁度良いあんばいじゃねぇか」

「違《ちげ》ぇねぇ。違ぇねぇ」

（まぁそういうことにしておくか）

照れ笑いをして、ずぶ濡《ぬ》れになった小袖《こそで》を脱いで絞った。そのまま裸の肩に引っ掛けて、花火見物を満喫した。初夏の夜風が素肌に心地よく、鼻歌まじりでかたぎ長屋に戻った。

すれ違った人にはご機嫌な酔漢と映ったであろう。しかし気分が良かったのは寝床に入るまで。夜が明ける頃にはすっかり発熱していた。

身体《からだ》が頑丈でほとんど病など得たことはない。起き上がろうとして、へたり込んでしまった自分に驚いた。

途端にひとり暮らしのわびしさが身にしみてくる。まず精をつけねばならないのに食事が摂《と》れない。

江戸は開闢《かいびゃく》以来、男の都である。独身者には真《まこと》に都合の良い便利な機能が発達していた。表通りに出れば各種出来合いの食べ物が屋台に並び、朝は魚介類から野菜からさまざまな素材を振り売りで軒先まで来てくれるのだ。

若い独身男らしく自炊はしていない。だから棒手振《ぼてふり》が籠《かご》一杯に新鮮なアサリや白菜を積んで来ても煮炊きする用意がなかった。

しかもふらついて歩くこともままならぬとなると、屋台のある表通りまで辿《たど》り着くことも出来ず、どうにもならなかった。

一食も摂れずに一日が過ぎ、熱と空腹にさいなまれていると表の障子が開いて誰かが入ってきた。

「大丈夫かい？　浪人さん」

隣の女房おりつが土鍋《どなべ》を持って立っていた。

薄壁一枚の隔たりしかない長屋暮らしである。窮状を察し粥《かゆ》を作って来てくれたのだ。

「あー……。ううっ」

礼を述べようと上半身を起こしたが呂律《ろれつ》が回らない。

「ああ、いいよ。いいよ。無理しちゃ駄目だよ」

かいがいしく口まで粥を運んでくれた。

梅干しだけの塩粥が旨《うま》かった。正に生き返った心地である。結局、全部平らげてしまった。

「おほん」

いつからいたのか留吉と勘吉が土間に立ってこちらを覗《のぞ》き込んでいた。

「か……かたじけのう……ございます」

もごもごと礼を述べると、おりつは鍋を持って引き上げた。ほどなく隣から夫婦の怒鳴り合う声が聞こえてきた。

「いくら何でも、ひっつき過ぎだろう」

「莫迦《ばか》おいいでないよ。病人に焼《や》き餅《もち》かい。いい加減におしよ」

「メシ作ってやるだけで御の字だろう」

「やだよぅ、この人は。いい歳《とし》こいてみっともないったらありゃしない」

病状も夫婦喧嘩《げんか》も筒抜けである。喧嘩の種になって申し訳なく思いながら眠りに落ちた。

翌日もおりつが気を利かして三食作ってくれたが、いずれも運んで来てくれたのは勘吉で、二人で飯を食べた。勘吉には何度も外でご馳走《ちそう》しているが、家で相伴するのはおかしな感じだ。

おりつのおかげで体調はだいぶ良くなった。頭はまだぼうっとするものの、もう立ち上がれる。

（いつまでもおりつさんに甘えるわけにはいかない……）

空腹をおぼえて外に出た。すっかり昼夜が逆転してしまい、もう辺りは真っ暗であった。少しうとうとしたように思ったが花火はとうに終わっていたようだ。

一体何刻《なんどき》だか判《わか》らないが、夜四つ（午後十時頃）の鐘を聞く前にどこかの屋台に辿《たど》り着かねば、夜鳴き蕎麦屋《そばや》も帰ってしまう。何となく筋違御門に向かって歩みを進めた。

暗い夜道にポツリポツリと揺れる提灯《ちょうちん》とすれ違う。さすがに人通りが少ない。だが八辻ガ原ならまだ屋台が出ているだろう。果たしてその通りであった。

昼間ならひいきの団子屋「みつや」が店を出している辺りに灯が見えた。

まだ一軒だけ夜鳴き蕎麦屋が残っていたのだ。遅い時間だが先客が二人いた。

屋台は床几《しょうぎ》を出しており、三人目の客として端に座り蕎麦を頼んだ。先客の男二人は連れ合いらしく蕎麦をすすりながら喋《しゃべ》っていた。

「知ってるかい？　近頃はこの辺、出るらしいよ……」

二

聞き耳を立てていたわけではないが、二人の会話が聞こえてくる。

三人掛けの床几にキッチリ三人座っているのだ。仕方ないことであろう。

それに喋っている男は講釈師ばりの話し上手で、連れ合いも合の手が絶妙な聞き上手であった。

蕎麦をすすりながらついつい男たちの話に引き込まれていった。

「出るといったら、やっぱりアレかい」

「おうよ」

「しかし四谷じゃあるめいし、筋違御門に幽霊が出るなんて聞いたこたぁねぇぜ」

「そのことよ。何しろコイツは一等新しい怪談だ。それも戯作《げさく》や世話物じゃあねぇ。正真正銘真実の出来事よ」

「じゃあ何かい、本物の怪談ってわけかい」

「まぁまぁ聞きねぇ。先だってここいらで辻斬《つじぎ》りが出たろう」

「母子がいっぺんに斬り殺されたっていうアレかい」

「おうよ。その母親ってぇのは、若い身空で亭主に先立たれた後家さんでよ。まだ幼い坊主を抱えて、にっちもさっちも往《い》かなくなっちまって、とうとう夜鷹《よたか》になっちまったっていう気の毒な身の上だ」

「辻斬りはお客かねぇ……」

「そいつはまだ何ともいえねぇ。だが十中八九、客だな。それもお侍よ。間違いねぇ。辻斬りの野郎が斬る相手を物色していてその夜鷹が当たっちまったのか、揉《も》め事《ごと》の果てに殺《や》られたのか……」

「ガキの方はどうして斬られたんだい」

「それがまた坊主の方は輪を掛けてかわいそうなお話でさぁ。どうも夜中にいなくなるおっ母さんを探して巻き添えだぁねぇ」

「うへぇ……。聞いてるだけでも気の毒な話だなぁ」

宗一郎は、近所で起きたこの陰惨な事件を全く知らなかった。人間として件《くだん》の母子には同情を覚えたが「人斬り」と聞いて剣客の血が騒ぎだした。

(一体どんな斬られ方をしたのだろう……?)

「町方は何をやっていやがるんだか。まだ下手人はお縄になっちゃいねぇ」

「それじゃ近頃、出るっていう八辻ガ原の幽霊ってのは……」

「おうよ。だらしねぇ八丁堀の旦那《だんな》方に業を煮やした母子の霊があの世から舞い戻って、町方になり代わり憎き辻斬りを引っ捕らえんと毎夜毎夜現れるって寸法よ」

「うーん。なるほど納得だが、やっぱり出来過ぎじゃねぇか。筋がすっきり通ってどうも戯作くせぇなぁ……」

「そら来た。そこよそこ。確かにさっきのオイラの話じゃ講談よ。まぁ巷《ちまた》じゃこうゆう筋立てで噂《うわさ》が立ってるんだが、本当のところこの母子の幽霊に出くわした仁《じん》の話を聞くとちょいと事情が違うのよ」

実際の辻斬りの一件も知らないので、怪談と実像の差異などわかるはずもない。もっぱら興味は辻斬りの腕の程度で、何かもっと手掛かりが聞けないかと耳をそばだてた。

「まずこの母子の幽霊は町人の前には出ねぇ。現れるのはお武家様の前だけだってんだ」

「何でぃ。さんざん気を持たせて下げがそれかい。じゃあオイラたちはその幽霊を見ようにも見られねぇってことかい。それで……夜歩きのお侍に、あたいを斬

った お武家様はお前様だろって迫るのかい」

「いやいやそうじゃねぇ。その母親の夜鷹は夜な夜な一人歩きのお侍の前に現れちゃあ、ちっと変わった頼み事をしてくるんだそうだ」

ここから先は、さるお武家様のご家来が出くわしたという「本当の話」が披露された。

＊

つい先日の話である。

主人の用向きで帰りの遅くなった家来の若党が、名を八辻ガ原衛門とでもしておくが、夜道を急ぎ歩いていると、ヒタヒタと後ろを尾《つ》いてくる足音がする。

振り向くとそこには若い女がいた。

真っ白な手ぬぐいを頭の上から被《かぶ》り片端を口にくわえている。

（夜鷹か……）

うつむいているので分からないが器量は良さそうだ。

だがよく見るとその夜鷹の後ろに小さな童子が引っついて来ている。

（はて？）

子連れで夜鷹じゃ商売になるまい。

八辻某《なにがし》は堅物で女郎買いなど滅多にせぬ男であった。

ましてや主人の御用を済ませた帰途である。女遊びなどもってのほかだ。

客になってやるわけにはいかないが、夜鷹の子連れは気になった。

後になって思えばこの母子、おかしなところが多々あった。

女で自分の早足についてくるのも難儀であろう。ましてや子どもでは無理のはず。

どことなく変だと思いつつもそれが何だか判らなかった。

女がそっと袖を引っ張る感じがした。

「もし……」

「済まぬが他所《よそ》を当たってくれ」

「お武家様はやっとうの達人とお聞きしました」

八辻某は面食らった。

確かに自分は小野派一刀流の印可を持つ身であり剣にはいささか自信があった。

「まぁ少しは遣うと自負しておる」

「ご謙遜《けんそん》を。たいそう腕が立つともっぱらの評判でございますよ」

誉められて悪い気はしない。己の剣名がそこまで広まっていたかと自惚《うぬぼ》れた。

しかしこれも全くおかしな話で、江戸の剣客界ではそれなりに名は知られてい
ても、あくまでも剣客同士でのこと。剣術とは縁のない町人、ましてや夜鷹風情
が八辻某の剣名など知るはずもない。

「お侍様は斬れぬものなどないのでしょうねぇ」

鼻にかかった声が妙に艶《なま》めかしい。

「うむ。まぁそういうことであるかな」

この八辻某は捲《ま》き俵や縛り樽《たる》を斬る据え物斬りが得意であった。少々大道芸じ
みているが実際に人間と斬り合うことなど無い世の中である。

「まぁよほど、なまくらな刀でなければたいていの物は斬れるな」

「この世で斬れぬものはないとおっしゃる」

「それはいささか大げさな物言いだが、まぁそういうことになるかな」

「お侍様の腕を見込んでどうしても斬って頂きたいものがございます」

「ほほぅ……。某《それがし》の腕試しでもしたいのか。何を斬らせたいのだ。よほどの物で
あろうな。申してみよ」

夜鷹の女は手ぬぐいの下でクックッと嗤《わら》った。

女の自分を小馬鹿にするような挑発的な態度にムッとした。

(何だ……?)

突然、シシシシシシシッと耳障りな破裂音の嗤い声が湧きあがり……。

「アンタに斬って欲しいのはこのアタイさ」

女が手ぬぐいを引き下ろすと、その顔は血だらけであった。

縦に何筋もの酷《むご》い切り傷が走り、鮮血が滴っていた。

「うわぁっ……」

八辻某が驚いたの何のって……。

なりふり構わず逃げ出した。

「きぃやぁぁぁぁぁぁぁっ———……」

甲高い叫び声を上げて女の後ろについていた子どもが走って後を追ってきた。

「きぃやぁぁぁぁぁぁぁぁぁっ———……」

走って走って、逃げた逃げた。

だが女と子どもの足音は遠ざかることなく、いつまでも追ってきた。

「さぁ、斬ってみろぉー。斬ってみろぉー」

耳元で女の声が響いた。

恐怖と驚愕《きょうがく》で思わず脚がもつれ、蹴《け》つまずいて転んでしまった。

「きぃやぁぁぁぁぁぁぁぁぁぁぁっー……」

奇声を上げながら走って来る子どもの胸の辺りが真っ赤に染まっていた。

「斬ってみやがれぇぇぇぇーっ……」

顔から幾筋も血を滴らせ女が迫って来る。

「く……来るなぁー。寄るなぁー」

起き上がりながら抜刀し、縦に横に刀を振り回し幽霊の母子に斬りつけた。

しかしこの世のものなら斬れようとも、あの世のものなどいかんともし難い。

どうにもならずに八辻某は再び逃げ出して、走って走って走って……。

主人のお屋敷がある本郷まで一度も振り返らず走り通しで、やっと辻番に逃げ込んだ。

自分を追いかけ回した件の母子幽霊はいつの間にやら消えていた。

狐《きつね》に摘《つま》まれたとは正にこのことか。

何とも異様な体験であった。

＊

「辻斬りに殺された親子が、何でまたわざわざ斬られたがるんでぇ。今度は筋が通ってねぇぞ」

「莫迦《ばか》。わけの判らねぇ筋が通ってねぇところがかえって恐《こえ》ぇだろ。それこそこれが本物の証左じゃねぇか」

「そうゆうもんかい……」

「一人だけじゃねぇんだぜ。あのひでぇ辻斬りがあってからこっち、幾人ものお侍が似たようなおっかねえ思いをしてなさるんだぜ。浪人さんも気をつけておくんなさいまし」

突然、話を振られ宗一郎はむせた。

「ええっ。ああ……」

蕎麦屋でたまたま相席しただけの縁だが、夜の屋台という舞台が垣根を取っ払ったのか町人二人組は声を掛けてきた。

「もし件の幽霊母子に出くわしたら、何だってまた斬られたがるのか、よっく聞いといてくんねぇ」

「ええ。まぁ……」

ボソボソと受け答え、十六文払って屋台を後にした。

三

「もし……」

女に声を掛けられた時、ぎょっとせずにはいられなかった。

振り向くと真っ白な手ぬぐいを夜鷹被りにしてうつむいている女が立っていた。

後ろには勘吉と同い年位の男の子が見える。

何から何までたった今蕎麦屋で聞いたまんまである。

姿形から科白《せりふ》まで同じだ。

宗一郎が黙していると女は構わず続けた。

「お武家様はやっとうの達人とお見受けしました……」

さてどうしたものか。

「随分と腕が立つのでございましょうねぇ」

じっと女の顔を見つめた。

正体が判っているのでむやみに恐れはしないが、何とも座り心地が悪い。

女は科《しな》をつくり、身体をクネクネさせながら一段と甘ったるい声で話し掛けてくる。

「こちらお強そうだわ。世の中で斬れぬものなどありはせぬ……お顔にそう書いてございますわね」

歯の浮くような科白で持ち上げてくるが、元よりお世辞をいわれるのが苦手だ。

武芸者なら平常心がまず第一。

自惚れは過信に繋《つな》がり命取り。

卑下は臆病《おくびょう》を呼び覚ましこれまた命取り。

何よりもお世辞というのは、言葉で刀を錆《さ》びさせようとする卑しい術のように思えてくる。

ましてや相手はこの世ならざるものたちなのだ。これが幻術でなくて何であろう。

「お武家様の腕を見込んで……」

「某、女こどもを斬るなど御免こうむります」

今度は女の方が黙る番である。やがて押し殺したようなくぐもった低い声で、

「もう何人もお強いお侍様を斬っていらっしゃるのに……」

これにはさすがにギクリとした。

(信濃での一件をいっているのか……?)

女は心を見透かしているのか。それとも何か見えているのであろうか。

その視線は宗一郎の背後……遥《はる》か彼方《かなた》を見据えているようだ。

「どうあっても斬って頂きとうございます」

そういうと女の着物の胸元が見る見る赤く染まっていった。

ちょうど心の臓の辺りで滲《にじ》み出しているのは血に違いない……。

「きぃやぁぁぁぁぁぁっー……」

後ろにいた子どもが突然叫びだした。

見ればその子の着物も心の臓の辺りが真っ赤である。

「一体、某にどうしろと……」

手ぬぐいをハラリと取った女の真っ白い顔に、縦に幾筋もの斬り痕《あと》が走っていた。

左右の肩にも首にも縦に斬りつけられた痕があった。刀痕《とうこん》からは、たった今斬

られたような血が流れ出ている。

さっきまでの艶《つや》っぽい夜鷹は何とも凄絶《せいぜつ》な姿に変わっていた。

（なんて下手な太刀捌《たちさば》きだ）

女の顔から体から縦に入っている太刀痕は、何度も何度も袈裟懸《けさが》けをしくじった果てのものと踏んだ。その証左に傷はどれも浅傷《あさで》である。

何度も斬りつけて、止《とど》めを刺し切れず心の臓を突いたのであろう。

あまりにも下手過ぎて怒りすら覚える太刀筋である。

「また随分と下手な辻斬りに遭ったものですね」

思わずつぶやいた。

「ああ……まったく、よくお判りで……」

血塗《ちまみ》れ夜鷹はわが意を得たりと頷《うなず》いた。

「今まで声を掛けたお侍様の中で、お前様が一等腕利きのようでございます」

この世ならぬ女の言葉にはお世辞抜きの真実の響きがあった。

「お願いでございます。凄腕《すごうで》のお侍様。どうかアタイら親子をもう一度斬り殺してくださいまし」

はて、これは厄介なことになったものである。

「あの世に行ききれず成仏出来ずにおるのなら、某より徳の高いお坊様に頼んだ方がよろしいでしょう」

女はスッと一歩身を引き我が子の肩にそっと手を置いた。

「今の世のどこに徳の高いお坊様がおりますか」

確かに僧侶《そうりょ》の俗化堕落は甚だしく、江戸で生ぐさでない坊主を探す方が骨かもしれない。

「それにどうしてもお侍様じゃなきゃ駄目なんですよ」

幽霊にも幽霊の拠《よ》ん所《どころ》なき事情というものがあるらしい。

「アタイは確かに身をひさいでいたけれど、殺されるほどの悪さなんざしちゃあおりません。悔しくて悲しくて……」

ここは殺された本人から恨み辛《つら》みを、黙って聞くより他はなさそうだ。

「アタイはどうでも不憫《ふびん》なのはこの子ですよ。巻き添えをくってわけも判らず突き殺されて……。この子は自分が殺されたってことをいくら話しても聞き分けてくれなくて……。何よりもアタイらを手にかけたあの憎い憎い辻斬りの奴が最後の最後まで不手際で、命は奪っても魂はまだこの世に繫《つな》ぎ止められたままなのでございますよ」

「魂が……繋ぎ止められたまま……」

「はい。お侍様。どうかアタイらの足元をよっくご覧になってくださいまし」

幽霊に足があるのかと思いつつも、いわれるままに親子の足元を見た。

なるほど足は付いている。

しかしうっすらと下の地べたが透けて見え、よくよく目を凝らすと二人の足元から何やら尻尾《しっぽ》のような紐《ひも》のようなものが伸びており、それが地面を這《は》って延々とどこまでも続いていた。

「これがアタイらをこの世に繋ぎ止めている玉の緒でございます。こいつを断ち切って頂かないとアタイらはいつまでもあちらに逝けぬのでございますよ」

「なるほど、なるほど」

不器用な袈裟斬り痕を見れば妙に納得出来る話である。

しかし見れば見るほど頭にくる不手際な腕前だ。

(斬るにしても、もっとすっぱりやってやらねば確かに浮かばれない……)

同じ侍として義憤と妙な責任を感じ幽霊親子の依頼を引き受けた。

「某に出来るかどうか判りませぬがやってみましょう」

親子の霊の横に立って、深く息を吸い込み丹田に気を溜《た》める。

静かに目を閉じ刀の柄《つか》に右手を軽く添えて、そっと左手で鯉口《こいぐち》を切った。

……が、拙速に抜刀はせずごく浅く息を吐いて内なる気勢を高めていった。

右足を前に伸ばし、つま先が玉の緒に触れるか触れないかの所で止めた。

(果たして、出来るのか。某に……)

腰に佩《は》いているのは竹光である。

腕自慢の剣客が本身でも斬れなかった幽霊だ。

しかも、その玉の緒とやらだけを竹光で断ち切るなどということが果たして出来るのであろうか。

「竹光では人が斬れぬと思うのであれば剣客などやめた方がよい」

己の言葉が深く突き刺さる。

(人なれば……この世のものなれば……竹光であれ本身であれ斬れぬことはない。剣客たる者の真技は佩刀《はいとう》いかんで左右されるものにあらず。なれど人にあらず、この世のものにあらざるものを斬るには果たして……)

宗一郎の我流の剣(奇縁で知己を得た旗本が『心刀自在流』と名付けてくれたが)は、父が修めた剣流『真貫流』を基調としている。

『真貫流』は何よりも気勢が第一。

一言でいえば〝肉を断らせて骨を断つ〟激烈なる剛剣だ。

気勢を以《もっ》て相手の心胸を貫くのである。

宗一郎は深く深く瞑想《めいそう》しながらも、体内の気勢を極限まで昂揚《こうよう》させていた。

(この世ならざるものなれば実体はあらず。実体があらざれば、いかに斬れ味鋭い業物とて触れることあたわず……。触れざれば斬ることあたわず……否、否、否。技は物に依《よ》らず心に拠るべし。心は真に通ず……すなわち真剣に依らず豁然大悟《かつぜんたいご》。

(心剣にてつかまつる)

裂帛《れっぱく》の気合いを発し剣を抜き放った。

「いやあっ」

無常迅速、地摺り逆袈裟に斬り上げた。

大きく息を吐き竹光を鞘《さや》におさめて、まぶたを開けた。

幽霊の親子は目の前にはおらず、少し上の方から声だけが聞こえた。

「ありがとうございます。お侍様」

見上げると二階屋くらいの高さに幽霊の親子は浮かんでいた。

血塗《ちまみ》れだった夜鷹の顔はすっかり元に戻っており、母親に抱っこされた男の子も着物の血糊《ちのり》が消えている。見ているまにまに親子はするすると風に舞う凧《たこ》のように夜空に昇っていった。

正に心刀自在。宗一郎の心剣が見事、玉の緒を一刀両断にしたのだ。

見上げていた満天の星空がぐにゃりと歪《ゆが》んだかと思うと見慣れた木目に変わった。

「あれ……？」

木目は長屋の屋根板であり、気が付くと煎餅《せんべい》布団に汗びっしょりで寝転がっていた。遠くで花火の音が聞こえる。

（まだ花火が終わっていないのか……）

いつの間にやら帰って来て丸々一日寝てしまったのか、それとも長い長い夢を見ていたのか……？　判然とせずまたうとうとし、今度は朝まで泥のように寝てしまった。

四

翌朝は目覚めもよく晴れ晴れとした気分で、夏風邪などすっかり吹き飛んでいた。

(昨夜の出来事は一体何だったんだ……)

夢にしては妙に生々しく、現《うつつ》とすれば細部の輪郭がぼやけていて遭ったはずの人たちの顔がどうにもはっきり思い出せない。宗一郎はとりあえず表に出た。

昨夜の一件が夢か現か判らないが、昼間に外出するのは数日ぶりである。

両国は広小路小松《こまつ》屋で「幾世餅《いくよもち》」を買い求め、病臥《びようが》中に世話になったおりつの土産とした。

「あらあら、わざわざいいのに。困った時はお互い様ですよぅ」

「おりつさん。つかぬことをうかがいますが近頃この辺で、何か恐ろしいことが起こりましたか?　某はどうにも世間にうといものですから……」

「というと、辻斬りの一件かい?」

「あの……夜鷹の親子が……」

「何だい。よっく知っているじゃないか。気の毒にねぇ。まだ下手人は捕まっちゃいないんだよ。嫌になっちまうよ」

「その親子が夜な夜な化けて出るなんていう話は……」

「聞いたことないねぇ。そんな話。だいたい辻斬りが出たのはついこの前だよ。世話物になるにはまだ早過ぎるだろう」

夕刻、風呂に出かけ、懲りずに花火見物と洒落《しゃれ》込《こ》んだ。花火が上がるまではまだ間があるのですぐ大川には向かわず、昨夜訪れた八辻ガ原を回ってみることにした。

神田川の縁、幽霊親子の玉の緒を斬った辺りに来ると、記憶が鮮明に甦《よみがえ》ってきた。

（そういや、あの玉の緒はずうっとこっちの方に延びていたなぁ）

妙な勘働きがして、玉の緒が延びていた方角に歩を進めた。

玉の緒は筋違御門のずっと向こうまで延びており、北東の方角に進んで寺社地に入っていった。

大小さまざまな神社仏閣が並ぶ浅草の端で宗一郎は、迷わず清徳寺《せいとくじ》という寺の門をくぐった。

気がつくと小ぶりな墓石の前に来ていた。

（はて……？）

何でこんな所に来る気になったのか自分でも分からない。

「お清さんの親戚《しんせき》の方かな」

墓地を掃除していた年配の僧侶に声を掛けられた。

「あ……いや」

僧侶は耳が遠いらしく大声で話し始めた。

「一年足らずで一家皆が逝ってしまうとは何とも気の毒なことですわい。亭主の太助《たすけ》は病死だから仕方ないとしてもまだ三十にもなっとらんかった。しかし遺されたお清と太一坊は不幸不運としかいいようがない。早いとこ下手人を捕まえてもらわぬと二人は浮かばれませんなぁ」

僧侶は宗一郎を勝手に不幸な一家の親族と勘違いし、お清と太一が亡くなった後に長屋の床下から出てきたという瓶《かめ》を本堂から持ってきた。

中味は四文銭やら一朱銀で二両近くあるという。もちろんその瓶を受け取る気などない。あの夜鷹がどのような思いで蓄財していたかを知っているのでなおさらだ。

耳の遠い僧侶の勘違いをそのままにして、しっかりした供養を頼み、瓶を丸ごと喜捨した。

花火見物を楽しんだ後、腹が減ったので昨夜の屋台蕎麦屋を探したが一向に見つからない。

他の屋台の連中にも訊《たず》ねて回ったが、該当《がいとう》する人物には誰も心当たりがないということであった。

それならばと過日と同じ時刻に八辻ガ原に何度か出向いたが、あの屋台蕎麦屋に出くわすことはなく、夜鷹親子の怪談を聞かせてくれた話し上手な町人二人組に出会うことも二度となかった。

第八話　証文

一

江戸は梅雨に入りすっかり雨模様である。四、五日降っては一日止《や》み、二、三日降っては半日止み、次の日はまた雨といった具合で、よほどの用がなければ外出は遠慮したい雲行きである。

瀬能宗一郎は、大家の与左衛門になかば強引に押しつけられた手習師匠の仕事を終えた帰りであった。

この長雨で大好きになった花火もぱたっと止んでしまい寂しい限りである。今日もどんよりと曇っており、まだ降っていないだけの空模様だ。

ぬかるみに下駄をとられまいと歩いていたので気づかなかったが、長屋の入り口に見慣れぬ黒塗りの駕籠《かご》が停められていた。立派な駕籠は自重でずぶずぶと泥に沈んでいた。

吉原じゃあるまいし、神田の裏長屋に駕籠で乗りつけてくるなど酔狂といおうか野暮といおうか、誰だか知らぬが相当金回りの良い人物らしい。

不審に思ったのと同時に、見知らぬ三人の男が木戸をくぐって出てきた。

薄いえんじと黒い縦縞《たてじま》の着流し男が二人を従えている。着流し男は隻眼《せきがん》で、薄いくちびるに大きな口。結髪こそ商人風だがとても堅気の人間には見えなかった。

手下二人は見るからにゴロツキっぽい町奴《まちやっこ》風。中間《ちゆうげん》とも駕籠かきともとれる格好だ。

もちろん店子《たなこ》ではない。

木戸の外に停めてあった駕籠に隻眼の男が乗りこむと、手下二人は軽々と担いでどこかに去っていった。

住人の七割方が職人で堅気の連中ばかりが住んでいるかたぎ長屋だから、黒塗りの駕籠も派手なヤクザ者もまったく似つかわしくなかった。

家の前にくると隣の留吉の部屋《うち》から派手な怒鳴り声が聞こえてきた。

聞き耳を立てずとも壁が薄いので、二人の口ゲンカが丸聞こえであった。

宗一郎は帰宅を気づかれぬよう、そっと引き戸をあけ中に入った。

「ちょいとお前さん。なんなんだい今の連中は？」

「なんでもねぇよ。ちょっとした知りあいだよ」

「見るからにやくざな連中だったじゃないの。いったいどういう知りあいなのさ？」

どうやらりつはヤクザな客と亭主のやりとりは聞いていないらしい。

留吉は大工である。梅雨があけるまでは仕事がないといってもいい。家でごろごろしていたところ、ありがたくない客の訪問を受けたのだろう。どうにもばつが悪いようである。

「いったいなんの用で来たのさ。ねぇ？」

「お……お前にはなんのかかわりもねぇ連中だよ」

「なにいってんだい。じゃあなんでかかわりのねぇ連中がウチにくるんだよ。ねぇ？」

「やかましぃ」

何かがひっくり返る派手な音がした。

「あっ……なにすんだい」

「岡《おか》っ引《び》きでもあるまいに亭主の肚《はら》をさぐるようなまねをするんじゃねぇ」

りつはわっと泣きながら長屋の奥、大家の屋敷に駆け込んだ。

勘吉は宗一郎の部屋《いえ》に避難して来た。

「ご……ごめんね」

「いや、かまいませんよ」

寝ようかと思っていたが、隣がこの様子では無理な話である。

「ゆっくりしていきなさい」

「うん……」

半刻《はんとき》もしないうちに留吉は本物の岡っ引きの取り調べを受けるはめになった。

大家は神田の与左衛門と呼ばれた元岡っ引きの親分である。

「入るぜ」

返事を待たずに上がりこんだ。手には留吉が投げつけた煙草盆《タバコぼん》を持っている。

「こんな物を女こどもに投げつける奴があるか。おせつ坊に当たったらどうする気でぇ」

「へ……へい。すいません。ついカッとなっちまって……。あのぅ、おりつとおせつは……」

「かわいそうに。よっぽど恐かったんだろうなぁ。まだお金《きん》のところで泣いてるよ」

「め、面目ねぇ……」

「なぁに今度は、きっちりお前さんに泣いてもらうから構やしねぇよ」

「はは……は。大家さん。そんな……」

与左衛門の目は笑っていない。

一度もお上の手をわずらわせたことのない堅気の大工をしめ上げるなど、元岡っ引きには造作もないことである。

留吉は女房には強引にとぼけ通そうとした事情を洗いざらい吐かされてしまった。

大家の女房お金の取りなしで、おりつ親子は部屋《いえ》に戻った。おりつの迎えで勘吉も帰った。

大家にどんなお灸《きゅう》をすえられたのか、亭主はすっかりしおらしくなっている。

「留の件はわっしが預かる。今日はもう喧嘩はよしにしな。わかったな」

「へ……へい」

「あい」

二

翌朝、与左衛門が宗一郎の家を訪ねてきた。

「お前さん。今日、身はあいているかい？」

「ええ……まぁ。手習師匠の日ではありませんし」

「実はなぁ。ちっとばっかし手を貸してほしいんだよ。わっしにつき合ってくんねぇい」

「はぁ……」

大家の申し出に宗一郎は素直にしたがい、日本橋に連れ出された。

その道々、与左衛門は留吉の一件を話して聞かせた。

「ことの起こりは梅雨の長雨だ。仕事が暇なもんで留の奴ぁついつい魔がさしたらしい」

「魔が……さすとは」

「博打《ばくち》だよ。暇をもて余してる大工仲間の悪い誰かに誘われたんだろう。ちょっと賭場《とば》に出入りしたらしい」

「留吉さんは賭場通いを……。今もですか？」

「うんにゃ。小さく勝ったり負けたり二、三日壺振《つぼふ》りにいいように遊ばれて、深みにはまる前に大負けして目が覚めたとさ。まぁ大負けといっても元金が少ねぇからたいした額じゃないんだけどな」

「博打で借金ですか。よくおりつさんに内緒にできましたね」

「いやいや内緒に出来ていねぇから今日こうしてお前さんとわっしが出張ることになったのよ」

留吉は仕事が暇になる梅雨の長雨に備え、どうやら遊ぶ金を少し貯《た》めておいたらしい。だが宵越しの金は持たねぇのが江戸っ子である。ちびちび飲むには充分だろうが、涙ぐましい軍資金は賭場ですぐ底が尽きてしまった。

「そこで博打の胴元に引き合わされたのが賭場に付きものの高利貸しというわけだ。持ちつ持たれつの小悪党どもさ。胴元のほうはよくわからねぇが高利貸しのほうはまんざら知らねぇ奴じゃねぇ」

「ああ。話が読めてきました。昨日、長屋から出てきた連中ですね」

「その通り。片目の高利貸しっていやぁ当てはまるのは一人しかいねぇ。蛭《ひる》の政《まさ》吉《きち》よ」

「蛭……」

「やり口がいやらしい野郎でな。ケチな脇両替屋だが、それもどうやってなったんだかよく判《わか》らねぇ。もともとが怪しい輩《やから》でな。あつかう額もでかくねぇ小商人《こあきんど》だ。貸し付けるのは小口で相手も留吉みたいな取りっぱぐれのねぇ堅いとこばかり狙《ねら》う……」

「たいした額でないのなら留吉さんならすぐに返せるでしょうに」

「それだよ。高利貸しってのは読んで字のごとく高い利子を取るところに旨《うま》みがある。政吉はなるだけ長く長く利子を取り続けるために、元金を返させねぇ小細工をいろいろ弄《ろう》しやがんのさ」

「なるほど……それで蛭か」

「留吉は何度も政吉の店に行ったそうだが、そのたびに居留守よ。でも相手が金がねぇとわかると奴はわざわざ取り立てに出向くのさ。払えねぇとなるとまたそこで借り入れさせる」

「それは……たちが悪い」

「相手が蛭の政吉とわかれば捨ておけねぇ」

与左衛門は大家から岡っ引きの顔に戻っていた。

細かい口出しはせずとも元岡っ引きらしく店子の日常についてはよく把握していた。今日にしたって宗一郎が仕事日でないことを知っていて、つき添いを頼んだのであろう。

「事情はよくわかりましたが、某《それがし》になにをしろと……。よもやその蛭の高利貸しを斬れとおっしゃるのですか？」

「誰がそんな物騒なことを頼むかい。わっしが高利貸しと話をつける間、黙って後ろに立っていてくれればいいんだよ。いうなれば用心棒だな」

「蛭の高利貸しを脅して留吉さんの借金を棒引きにさせるのですか？」

「お前さん、なんでそんな乱暴なことばかり思いつくんだね。それじゃ、わっしらがお縄になっちまうじゃねぇか」

「はぁ……」

「野郎にどうあっても元金を受け取らせ、証文を取るんだよ」

「元金……といってもこの長雨で今の留吉さんには稼ぎがないのでしょう。どうやって支払うのです？」

与左衛門はわけ知り顔でニンマリ笑った。

「どうへそ繰ったか。おりつのやつがたんまり持ってたよ」

「へぇー」

留吉の所帯は勘吉とまだ乳飲み子のせつがいるのだ。本当にその日暮らしというわけにはいかない。やり繰りはりつの仕事である。りつも旦那の仕事が減る梅雨をにらんで懸命にへそくりをしていたのだ。

よもやこんな形で放出するはめになろうとは思いもよらぬことではあったろうが……。

「留がいうには元金は九匁《もんめ》だったのに利子が膨れ上がって五十三匁だと。癪《しやく》だが少し多めに握らしてやりゃあ文句はあるめぇ」

「ううむ……」

性質《たち》の悪い高利貸し相手にはたして話し合いだけですんなり事が収まるのか。あるいは元岡っ引きの神通力が物をいうのであろうか。よもやの時の保険としての用心棒なのだろう。

(いずれにせよ与太者相手に抜刀はすまい)

そう覚悟を決めて、大家のお手並み拝見と多少物見遊山気分でついて行った。

二人は日本橋通町《とおりちょう》、中橋《なかばし》広小路、南伝馬町《みなみでんまちょう》を抜け京橋を渡り三拾間堀《さんじっけんぼり》までやって来た。

蛭の政吉の両替屋は意外と立派な店構えであった。

「堅気の両替商をどうにかして乗っ取りやがったな……。胸くそ悪いぜ」

吐き捨てると与左衛門は店に入っていった。

広めの土間に黒塗りの板を使った立派な上がり口。

「出てきな政吉。ちぃと話があらぁ。来なきゃこっちから行くぜ」

朝のまだ早い時刻なら、居留守もつかえまいと踏んだが読みが外れた。本当に店には誰もいなかった。造りは立派でもやはりまともな両替屋ではない。ここの正当な持ち主であった者たちの行く末を思うと気が沈んだ。

「うわぁ。面白いですねぇコレ」

宗一郎は初めて足を踏み入れた両替商に興味津々のようだ。商売道具である天《てん》秤《びん》をいじりだした。

「おいおい。なにやってんだよ。他所様《よそさま》の商売道具を勝手に……」

そこまででいいさした。

（別にいいか……。どうせまともな商売している奴らじゃねぇんだし）

どちらにせよ連中が帰ってくるまで待ちぼうけだ。自分も土間に腰をかけて、

宗一郎は好きにさせてやることにした。

「よく見かけるけど、触ったことのない物って結構ありますよね」

分銅をお手玉にして遊びだした。

（変わってやがるな。コイツは……）

そう思いながらも邪気のない顔を見てつい笑ってしまった。

こうして多少の手持ちぶさたを我慢しつつ、元岡っ引きと浪人は、正当な持ち主とはいいがたい店の主人が帰ってくるのを待った。

三

「やい。手前《てめえ》ら、そこで何してやがる」

店内にどすの利いた胴間声が響き渡った。

のれんを揺らして土間に五人の男が入ってきた。

高利貸しの政吉が手下を四人も従え帰って来たのだ。

刀傷であろうか。政吉は左まぶたに縦に線が入っており目は閉じられたままである。

手下たちはいずれも屈強そうで腕組みをして主人の後ろに並んだ。凄《すご》んだのは昨日は見かけなかった相撲取りのような巨漢である。

だが凄まれたはずの二人組は全く動じていなかった。

宗一郎たちは板の間で政吉たちは土間。

一見するとどちらが客かわからない。

「遅かったじゃねぇか。待ちくたびれたぜ」

「これはこれは神田の親分さん。今は大家さんでいらっしゃいましたかねぇ。こんな朝早くから当方になんのご用で」

「店子の借金の件だ。白壁町かたぎ長屋の大工留吉の代わりで来た。話がしてぇ。まず証文を見せてもらおう」

「ははぁ。なるほどなるほど。あそこが親分さんの長屋でしたか」

政吉があごをしゃくると手下の一人が店の奥に消えた。ほどなく四つ折りにした紙を持って戻ってきた。

「よっく見ておくんなさいまし。これが留吉さんの証文です」

右手の人さし指と中指にはさんでひらひらと振ってみせた。

「留吉さんにも困ったものです。昨日もおうかがいしたのですが、ない袖《そで》は振れないと開き直られました。親分さん、どうです。何日か分だけでも構わないから利子だけでも置いていってもらえませんかね」

「わかった……仕方がねぇ。全部払う」

「へっ……」

「耳そろえて払ってやるっていってんだよ。証文よこしな」

ふところから一両金貨を取りだしたのを見て政吉は驚いた。与左衛門がそんな太っ腹な大家だとは思いもよらなかった。元岡っ引きであることを笠《かさ》に着て、せいぜい利子を負けさせるか期日を引き延ばさせる気だろうと踏んでいたのだ。

(昨日今日で小判を用立てられるとはな……。こいつらはまだまだ絞り取れる)

高利貸しとしての勘働きがした。証文を四つ折りにしてたもとにおさめた。

「受け取れませんな」

「なんだと」

「こちらが金を貸したのは留吉さんだ。あくまでも留吉さんに来てもらわねぇとビタ一文受け取れねぇ」

「利子だけでも置いてけって、たった今テメェでいったばかりじゃねぇか」

「やかましいっ。いつまで親分気取りでいやがる。こっちが下手《したて》にでていりゃ図にのりやがって。後ろの木偶《でく》の坊《ぼう》連れて帰《け》ぇんな」

「政吉……テメェ」

いきり立つ与左衛門の後ろで用心棒が立ちあがった。

その用心棒はかなり上背があった。板の間に乗っているのだからなおさらだ。

(神田の与左衛門ももうろくしたな。テメェが用心棒より前に立ってどうする気だ。店の中じゃ長物なんざ振り回せねぇだろうに)

たしかにその通り。男六人が乱闘するにはなんとも狭い場所である。

蛭の政吉は半歩退き、代わりに用心棒たちがじりじりと末広がって前に出てきた。

(ぬかった……)

それほど荒事《あらごと》になるまいと勝手に思い込んでいた。

やらずもがなの用心棒であったが、奥に上がり込んで天秤で遊んでいたのは宗一郎の油断以外なにものでもない。店の出入り口を警戒して然《しか》るべきだった。

与左衛門も与左衛門ですぐさま後ろに引っ込んでくれればよいのに、なまじ武道の心得があるものだから油断なく身構え一歩も引かぬつもりらしい。

大家として店子に怪我《けが》をさせるわけにはいかぬという義心が働いたのだろう。

だが与左衛門にしても捕縛用のかぎ縄その他、得物は一切身に帯びておらず徒手《としゅ》空拳《くうけん》である。

蛭の政吉の用心棒は四人。

万が一でも素人には抜刀すまいと決めていたが、相手はやけに場なれした連中であった。

(いざとなったら与左衛門さんには受け身か体さばきで乱刃をよけてもらおう)

肚《はら》がすわると戦闘態勢に入った。

(落ち着いてさばけば、さばけぬこともない……)

冷静さを取り戻すと兵法者として勝つ算段をし始めた。

相手の多勢に加えもう一つ不利な点があった。

差料《さしりょう》が竹光なのである。

だが一歩もひく気はない。

その気になった瞬間に手下どもの顔つきが変わった。

その敏感さに敵ながら妙に感心してしまった。

皮肉な話であるが、この頃は侍よりもこういったヤクザな与太者のほうが刃物の扱いに慣れている。

武士は元和偃武《げんなえんぶ》以来、合戦で人を斬ることなどなくなった。腰に佩《は》いた二本差しは士分の認識証以外何ものでもなく、一度も抜刀せず一生を終える侍も多い。

目の前のゴロツキ連中は、手練《てだ》れとはいかなくとも躊躇《ちゆうちよ》なく抜刀できる実践者であった。

四人とも懐に呑《の》んだ匕首《あいくち》に手がのびた。荒々しい殺気を隠そうともしない。

それなりの修羅場をくぐってきたことは貌《かお》つきでわかる。

(粗っぽいがかなりの気勢。下手な武士と立ち合うより手強《てごわ》いかもしれない。

……面白い)

腕の程度はわからないが、狭い店内で四振りも匕首を抜かれては面倒である。

まずは機先を制する。

左手でぐっと刀の鍔元《つばもと》を握り込んだ。

動物的な勘からゴロツキたちは動きを止めた。

そのまま、ためらわず左手親指を鍔に押し当て鯉口《こいぐち》を切った。

カチリッ。

重苦しい沈黙につつまれている店内に、静かに小さな金属音が響く。

その音で身体《からだ》中に充満していた気勢が、堰《せき》を切ったように勢いよく放たれた。

突然、後ろからの圧倒的な殺気を感じて与左衛門はうなじが粟立《あわだ》った。対峙《たいじ》している男たちも同様らしく表情が緊張に固まった。

鯉口を切るという行為は単なる威嚇《いかく》や示威行動ではない。

物理的には刀身を鞘《さや》から抜きやすくする手順であるが、これは相手を斬るという明白な殺意の表明であり、名誉を重んじる武家同士でこれをやると、まずは看過できぬ状況に陥る。穏便に済ませるのであれば鯉口を切る前に事を収めねばならない。そうでなければ抜刀し雌雄を決するしかなくなるのだ。

主人も家もなく背負い込む背景などない宗一郎は、剣の求道者として容易に鯉口を切った。抜くか抜かぬかを勝つか負けるかで決めてしまうのは、武家というより対峙しているゴロツキたちに近かった。

こうなると生き物としてどちらが強いかという争いである。

(ふうむ……)

親指の腹を鍔に引っ掛けて刀身を鞘に引き戻してみた。

パチン。
乾いた金属音がはっきりと店に響いた。
わずかだが緊迫した空気がゆるむ。
男たちも匕首の柄を握り込んだ手の力を抜く。
同時に四人とも肩口がわずかに前のめりになる。
半歩の半歩ほど前にせり出た。
(某の気勢がわかるのか。この者たち一体どれほどの腕なのか……)
気になるとどうあっても確かめずにはおられない。
これが兵法者、瀬能宗一郎である。
再び鯉口を切った。
カチリッ。
四人は同時にのけ反り、懐の中で匕首を握る。
パチン。
鞘に刀身を戻すと、ゴロツキたちは半身を乗り出して匕首を握る手が緩む。
カチリでのけ反り、パチンで乗り出す。
(面白い。これは面白い。やはり剣客とは違うなぁ。某の気を読んで間合いを計

っているのでなく自然に身体が動いている。まるで人の気配を察する山の獣のようだ）

カチリッ……パチン。

カチリッ……パチン。

見えない糸がゴロツキ四人の右肩と宗一郎の刀の柄を結んでいるようである。

四人も好きで宗一郎と綱引きをしているわけではなかった。

前に出ようとする刹那《せつな》に浪人が鯉口を切るものだから飛び込めない。

宗一郎の手の動きを注視しているわけではないのだが、あのカチリという音がするたびに刺すような殺気が身を貫き足が止まってしまうのだ。

（下手に近づくと野郎に間違いなく殺《や》られちまう）

これがゴロツキたちの無言の確信であった。四人の額に脂汗がにじんだ。

（命を捨てるほどの金はもらっちゃいねぇ）

均衡を崩したのは一歩下がって見ていた蛭の政吉であった。

多少の武術の心得がある与左衛門は、なまじ修羅場の殺気を感じ取る勘働きが鋭いので、宗一郎とゴロツキの間で身動きが取れなくなっていた。

それに比べ政吉は、ヤクザな渡世に身を置くクセに実際の暴力を感じ取る感覚はまるで鈍かった。発達しているのはカモを嗅《か》ぎわける嗅覚《きゆうかく》だけだ。直接的な暴力の実行者など金でいくらでも買えるので、武辺にうとくても一向にかまわないのである。

今も子飼いの用心棒どもがやせ浪人と遊んでいるようにしか見えなかった。

「何を埒《らち》の明かねぇことをしてやがる。とっととコイツらをたたんじまいな」

「おっ……おう」

四

ゴロツキ四人は与左衛門に飛びかかった。

いや、飛びかかろうとした。

その刹那にゴキン、ゴキンと鈍い音が響き四人とも前のめりのまま土間に転がった。

「あうっ……」

「痛っ」

「ひぎぃ」

何が何だかわからない。

突然何かに蹴《け》つまずいて転んだのだ。

呆気《あっけ》に取られたのは政吉である。一瞬で形勢が逆転してしまったのだ。

何が起こったのかわからない。

与左衛門ではない。

奥の侍だ。

奴は一体何を……？

「あっ」

侍は懐手で店の分銅をお手玉のようにもてあそんでいた。

土間にも分銅が転がっている。

手下どもはこの重い分銅を弁慶の泣きどころにぶつけられたのだ。

ゴロツキ同様、呪縛《じゅばく》が解けた与左衛門はあらためて驚いた。

用心棒代わりにこの店子を連れてきたのは我ながら慧眼《けいがん》であったと思うが、宗一郎は予想を上回る腕利きであった。

飛びかかってきた四人を同時に転ばせたということは、目にも留まらぬ早業で四つの分銅を放ったということだ。

与左衛門も礫投《つぶてな》げの名手であったが、このお手並みには舌を捲《ま》いた。

(そういやコイツは、人を斬《き》ったことのある人間だったたな……)

初めて会った時に鋭く喝破していたはずだったが、長屋での気の抜けたような暮らしぶりにすっかり油断させられていた。

蛭の政吉にしてみれば与左衛門の用心棒の使った術がわかったところでどうにもならない。侍は奥からズイと一歩前に出てきた。

「ひっ」

血の気が引いて青ざめた。

宗一郎は無言のまま右手で与左衛門から小判をかすめ取った。

再び左手で刀の鞘の鍔の間際をにぎり込み親指を鍔にかけた。

鯉口は切らずに刀を地面と水平に保ちそのまま二寸(約六センチ)前に出した。

「よ、よせ。斬っちゃなんねぇ」

「き……斬るなっ……」

与左衛門と政吉は同時に叫んだ。

しかし政吉はいい終える前に、言葉の途中で息が止まり白目を剝《む》いた。

息のかかるほど近くに宗一郎が忽然《こつぜん》と立っていた。

政吉のみぞおちのあたりに深々と刀の柄が突き立てられている。

与左衛門も呆気《あっけ》にとられた。

自分の前に立ったかと思った宗一郎が突然、政吉におおいかぶさるような位置に移ったのだ。

その距離は少なくとも一間《けん》半（約二メートル八十センチ）はあった。

これは縮地《しゅくち》の法という技で、全く起こり（初期動作）を見せずに相手との間合いをつめる特殊な足さばきであった。

心得のない者には摩訶《まか》不思議な忍術のように見える。

政吉の身体はグラリと後ろにひっくり返った。

「証文は返してもらいます。借金はこれで帳消し……」

たもとから四つ折りの証文を抜き取り、代わりに小判を放《ほう》りこんだ。

手下たちはウンウンと唸《うな》りながらまだ土間に転がっていた。

だが起き上がってわざわざ宗一郎と対峙する者はいなかった。向かい合うよりせいぜい痛がって土間を転げ回っていた方がましであろう。

おそらく政吉が一番重症である。白目を剥いて気絶している。

だが誰も助け起こそうとする者はいなかった。その政吉だって四半刻《しはんとき》（三十分）もせずに息をふきかえすはずだ。

「行きましょう。与左衛門さん」

宗一郎はすたすたと表へ出ていってしまった。

与左衛門は慌てて後を追った。

三拾間堀の両替屋「政」を後にした与左衛門は、まだ狐に摘《つま》まれたような気分である。

少しは武芸の心得のあるつもりだが、本物の兵法者を目の当たりにして感心するばかりであった。

「しかしお前さんには驚かされたよ。物騒なことを考えているだけじゃなくて、本当にやっちまうんだからなぁ……」

「なにがです？　某は与左衛門さんのいった通りのことしかしていませんよ」

「へ……？」

「元金を受け取らせて、証文を取っただけですよ」

「ううむ……。なるほど。違ぇねぇ」

まあいずれにせよ上首尾だ。これで留の件は落着だ。

「それにしてもよく抜かずに済ませたな」

「抜きませんよ」

竹光なのだ。

抜きたくても抜けるものではない。

大家さんは竹光と知ったら驚くだろうな……。

宗一郎は可笑《おか》しくなった。

少々物騒な大家と店子は神田へ、自分たちのかたぎ長屋へ帰っていった。

留吉は借金の一件で隣の浪人が骨折りしてくれたことを聞き、みっともないやら悔しいやら複雑な気分である。それでも隣人に少しは優しく接するようになった。

りつにもさんざんとっちめられ反省しきりである。早く仕事で、失った稼ぎと信頼を取り戻したい。
梅雨明けはもう間近であった。

第九話　狂剣

一

久しぶりに父の夢を見た。
山深い木立の中で向かいあっていた。
霧が立ちこめている。故郷の信濃に違いない。
父は剣をたずさえて静かに立っていた。佩刀《はいとう》しているのは後に譲り受ける國房である。
亡き父に会えたというのにまず思ったのは、
(隙《すき》がない)
そのことであった。

ただ立っているだけの宗右衛門は一分の隙もなく、踏み込むことも間合いをつめることも出来なかった。

声をだすことも動くことも出来なくなり、息苦しくなったところで目が覚めた。

汗びっしょりであったが嫌な感じではなかった。

(父上は……相変わらず剣鬼であられたなぁ)

苦笑まじりで寝床を出た。

(某《それがし》を諌《いさ》めにわざわざ夢に出てこられたのか……やれやれ)

枕元《まくらもと》に置いてあった刀をたぐり寄せ抜いてみた。

鈍い銀色の刀身は鋼ではなかった。竹べらに銀箔《ぎんぱく》を捲《ま》いたものだ。

(國房は江戸に来た時に手放してしまいましたよ……)

胸の内で亡き父に語りかけた。

宗右衛門の最期は、その剣同様に激烈苛烈《かれつ》であった。

信濃の山奥に隠棲《いんせい》していた不遇な豪傑は、複数の剣客と斬《き》り合いの末、命を落としたのだ。

一体どれほどの因縁があったというのだろうか。だが剣を合わせる度に怨恨《えんこん》を重ねていくのは剣客の宿命。

「武士とはそういうものだ」

そう教えられて育ったので、疑問には思わなかった。

以前、父に敗れた者どもが合力して攻めてきた。そういうことだろうと勝手に合点した。

あの襲撃で敵の一人が家に火を放ち、母志津も亡くなった……。

「お前様も……お父上も……剣に憑《つ》かれておる……気をつけなさい」

志津はそういい遺すと事切れた。

(母上のおっしゃった通りです。某は剣に憑かれています。父上もそうでした。今になってよくわかります)

さらに深いため息が出た。

(だが剣は捨てられても剣術は捨てられませぬ。某はたしかに憑かれています)

＊

よく吠《ほ》える犬であった。

野良ではない。

真ん丸い目玉に低い鼻、つぶれた面つき。白と黒のまだら模様に長い毛。まことに犬らしくない。

(狆《ちん》ころとかいったか)

どこかの囲い者の飼い犬なのだろう。

下谷《したや》広小路。すぐ近くに不忍《しのばず》の池が見える。金満家が妾宅《しょうたく》を設けるには似合いの町だ。白黒の狆はきゃんきゃんとけたたましく吠えたてた。

(囲い者に囲われた哀れな狆ころよ。それでもまだ畜生としての本性が残っているとみえる)

狆は江戸時代に作出された愛玩犬《あいがんけん》である。金持ち連中がこぞって飼っていた。

(ふははは……小うるさい犬め)

腰間《ようかん》から銀の雷がごとくの一閃《いっせん》が奔《はし》り、狆の首は赤と黒と白の鞠《まり》となって通りに転がった。刀が鞘に戻った後も首はまだ転がり続けていた。

「な、何てことを……」

若旦那《わかだんな》風の町人が青ざめた顔をこちらに向けた。妾《めかけ》を囲うのは何も金持ちの隠居老人とは限らない。

「うちのシロがなにをしたってんですか」

若旦那は一歩こちらに踏みだした。

(不用意な奴だ。おれの腕は今見たであろう……。これほど殺気を放っておるのに何も感じぬか。犬畜生にも劣る奴)

一間《けん》(約一・八メートル)の間合いに入った刹那《せつな》に若旦那を逆袈裟《ぎやくげさ》に斬《き》り上げた。

「ぐっ……」

剣の切先《きっさき》が首の頸動脈《けいどうみやく》を刎《は》ね、おびただしい血流が吹き上がり霧のように辺り一面にまき散らされた。若旦那はくるくると回りながら倒れ、そのまま動かなくなった。

昼間の上野である。

女の金切り声が通りにこだました。

(やかましいな)

妾と思われる女の方に向きなおり二歩踏み出して横ざまに居合抜きして首を刎ねた。
瞬く間に犬一匹男女二人の死体が路上に転がった。
「うわぁ……」
凶行に気がついた周りの人間は慌てふためいた。
一番近くにいた棒手振《ぼてふり》の魚売りが竿《さお》と桶《おけ》を投げ出して逃げ出そうと背中を向けた。
(商売道具をうち捨てるとは何事か)
不埒《ふらち》な魚売りは背中を袈裟《けさ》懸けに成敗した。
「ひっ、ひぃぃ……。どうかお助けを」
腰を抜かして命乞《いのちご》いする老人は頭骨を真っ向幹竹割《からたけわ》りに処した。
(役立たずのおいぼれめ)
四方八方から悲鳴が上がり、人々はわけもわからず逃げまどった。
(どいつもこいつも緩みきっておる……)
唇を歪《ゆが》めながら白刃を抜き放ち、脱兎《だっと》のごとき輩《やから》どもを追い散らしはじめた。

二

与左衛門は長屋の通路のドブ板を外し掃除をしていた。

「どうでぃ。ちったぁ慣れたかい。手習いの師匠のほうは？」

「はい。正直申しまして最初は面倒に思ったのですが、なにやら慣れてきますと案外よいものですね」

「ほぉ……」

自分で手習所に押し込んでおいて何だが、この物言いは意外であった。

「勘さんだけでなく三法堂の教え子たちは皆かわいいものです」

これは意外や意外である。

「お前さん……。なんちゅうか、ちと変わったねぇ。朴念仁《ぼくねんじん》の剣術莫迦《ばか》かと思っておったが」

「剣の道に終わりはありません。これを究《きわ》めんとすれば男児一生の仕事であります。ただ……」

「ただ……？」

「江戸に来てよりこのかた、世の中には剣術以外のものもあると知りました」

この一風変わった剣聖に一本接ぎ木《つぎき》をしてやれたような気がした。

それは普通の人間らしさという小さな接ぎ木ではあったが充分に満足である。

「何でぃ。今日はあれかい。やっとうの修行ってやつかい」

妙に照れくさくなり唐突に話を変えた。

「いえ。今日はこれから三法堂に参ります」

「んん……。今日は師匠をやる日じゃあるめぇ」

「はい。某、本日は手習弟子になります。法元先生の薫陶《くんとう》を拝したく、勘さんと机を並べるのです」

(やっぱり変わってやがる。いわゆる達人というヤツはどいつもこいつも変わり種が多いもんなぁ。学者莫迦の法元先生とは存外、馬が合うのかもしれねぇなあ……)

　突然手習所に現れた宗一郎に、雇い主のお倉は驚いた。

「瀬能先生、日をお間違えですか？　今日は法元伯父《おじ》さんが師匠ですが……」

「存じておりますよ。だから来たのです」

きょとんとするお倉を尻目に部屋に入っていった。

「おやおや、随分と大きな教え子だわい」

法元はカカカと笑ってそのまま授業を続けた。

黙礼すると一番後ろの席に陣取り、小さな子どもたちに混ざって耳をかたむけた。唐突に現れた「宗一郎先生」に手習弟子はみんな驚いたが、勘吉は無関心を装った。

(どうせなんか聞きたいことでもできて、終わるまで待てなかったんだろう)

果たしてその通り。博覧強記の学僧にどうしても尋ねたいことがあったのだ。

勘吉も一緒に居残って拝聴することにした。

＊

「なっ、何しやがるんでぇい」

もったいぶった武家よりは、荒事に慣れているゴロツキの方が手応《てごた》えがあるかと思い仕掛けたが、やはり敵ではなかった。

(所詮《しょせん》はヤクザ者のケンカ剣術か……期待外れもいいとこだな)

下谷広小路を血で染め、そのまま下谷御成《おなり》街道を抜けて筋違御門をくぐってさらに人通りの多い八辻ガ原の広場に来た。

そこで手下を大勢連れ歩く親分風の男が目にとまったのだ。

肩で風切るさまが生意気だったので、すれ違いざまにそのでっぷりした肩口に斬りつけてやった。

「ぎゃっ」

痛みより驚きの表情を浮かべている。

徒党を組んで練り歩けば誰もが道を譲るとでも思っているのか……。

余りの無防備ぶりが腹立たしくなってきた。

（にぶい）

ひょいと腕を伸ばして太った親分の喉《のど》を突いた。

いずれも数瞬の出来事で、子分どもは親分がどうっと前のめりに倒れるのを見て後ずさった。

皆さすがに匕首《あいくち》を抜いて身構えたがそこまでであった。

突然の凶行に度肝を抜かれて動けなかったのだ。匕首を抜いたのは条件反射に近い。

少し感心したので次の手を待ってやることにした。だが次の手などなかった。

(雁首《がんくび》そろえているだけか)

失望はすぐ怒りに変わった。

舞うようにくるりくるりとゴロツキどもの周辺を回ると、全員の首から鮮血が吹きだした。

「きゃー」

近くの団子屋の売り子らしい娘が真っ先に悲鳴をあげた。

その悲鳴で顔を上げた主人は、路上に倒れている男たちを見て初めて惨劇に気がついた。

腰を抜かすかそのまま脱兎のごとく逃げ出すかと思いきや、主人は慌てて団子の焼き台を押し倒して突進してきた。見ると売り子の娘と主人はどことなく顔が似ている。

(なるほど。しかし間に合うかな)

大げさに振りかぶって売り子の娘を撫《な》で斬《ぎ》りにした。

前のめりで両手を差し伸べていた主人の顔が歪む……。

もう一度振りかぶると主人も重ねて斬ってやった。

「ははははは……」

白昼の凶事に八辻ガ原は大恐慌におちいった。

クモの子を散らすように逃げまどう人々を追いかけ回した。

（さて何人狩れるやら……）

三

「拙僧に訊ねたいことがあるようじゃな」

「はい。今朝、亡き父の夢を見まして……」

「夢占いなんぞ、拙僧はせぬぞ」

「違いますよ。実は生前、父がよく口にしていた詩というか偈《げ》を思い出したのです。それが何の詩句なのか気になって仕方がないのです」

教え子たちが帰り、誰もいなくなった部屋にあぐらの法元と差し向かいである。

勘吉は少し離れた所で、お倉先生が供してくれた山本屋の桜餅《さくらもち》をほおばっていた。思わぬ役得である。もちろん他の手習弟子たちには死んでも内緒だ。

「その詩歌の一部でもおぼえておるのか」

「諳《そら》んじております」
「どんな詩じゃ」
「どうも物騒な文言が並ぶ詩でして……」
「聞かねば判《わか》るものも判らぬぞ」
少しためらったが宗一郎は朗詠しはじめた。
「仏に逢《お》うては仏を殺し
祖に逢うては祖を殺し
父母に逢うては父母を殺し
羅漢に逢うては羅漢を殺し
親眷《しんけん》に逢うては親眷を殺し
始めて解脱を得ん
物と拘《かかわ》らず透脱《とうだつ》自在なり」
聞き終わり法元の方が驚いた。
「よく知っておるの」
「これが何かご存知ですか？」
「知っているもなにも、我が宗派、臨済宗の祖となった臨済義玄《ぎげん》の偈じゃ。『臨済録』の中の一節じゃよ。門外漢のお主が諳んじておるとは、あまねく仏光の不思議なりだの」

「偉いお坊様の言葉だったのですか」

「文言の激しさに惑わされてはいかん。大悟を得んとすれば何ものにも縛られてはならぬ。親も先祖も釈尊ですら枷《かせ》となることを喝破した名句じゃよ。宗祖義玄のすさまじい気迫と面目を感じるじゃろう。禅家とは本来こうでなくてはならん」

「ああ……じゃあ、たとえ……というか覚悟を申しのべたものなのですね」

「身も蓋《ふた》もない物言いじゃが、まあ有り体にいえばそうじゃ。なんだと思ったのじゃ」

「どなたか高名な兵法者の『剣客心得』というか、剣の極意をいったものかと思っていました。小さい頃は本当に父や母を斬らねば剣客にはなれぬのかと思っていました」

はぁー……と法元が遠慮なくため息をついたので勘吉はつい笑ってしまった。

「『剣禅一如』なんぞ眉唾《まゆつば》と思うておったがやはりな。不殺生を説く仏法がどうして人斬りの技と一つになれるというのか……。お主の父上は一体どのような御仁だったのじゃ」

「剣鬼」

「さもありなん」

(小さい頃の話でなく、こやつはつい最近までいざとなったら親族を斬れるかどうか本気で悩んでおったのではないか……)

それがあながち見立て違いといいきれないのが瀬能宗一郎であった。

幾重にも礼をのべて宗一郎と勘吉は三法堂を後にした。

＊

八辻ガ原を阿鼻叫喚《あびきようかん》の地獄に変えた侍は、そのまま筋違御門の向かいの稲荷を通り過ぎ、日本橋の方面に向かって歩みを進めた。

もう二十人近くは斬ったであろうか。

白刃をさらしたまま右手からだらりと刀をさげ、ゆらゆらと通りを下っていった。

極力切先で頸動脈を刎ねる刀法を用いているので、刃こぼれもなく血糊《ちのり》で汚れてもいない。

「待て待て待てぇい」

捕り方の同心連中が駆けつけて来るところであった。

(斬るのであれば声なぞ掛けずに後ろから斬りつければよいものを)

手当たり次第に人を斬っている侍がいると誰かが辻番《つじばん》に駆け込んだのであろう。

(天下泰平の世となり果てて捕り方もずいぶんのんびりしているではないか……)

だがこの巨軀《きょく》におののいたのか、引き連れてきた岡《おか》っ引《ぴ》き連中は、同心の指示も待たずにカギ爪《づめ》の捕縄を放った。

右手で一振り。白刃がきれいな弧を描きカギ爪を全《すべ》て中空で切断した。

岡っ引きたちはすぐさま十手《じって》に切り替えて身構えた。だが雑魚《ざこ》は後回しでよい。

思いっきり跳んで上段から一気に斬り下げた。

抜刀しようとしていた同心の右腕を肩から一刀両断してやった。心臓に近いところの切断である。一挙の大量出血でほぼ即死。

頭目が斃《たお》され手下たちは慌てふためいた。一匹ずつ仕留めてやるか……。

他の岡っ引きたちもそれぞれに腕や脚を斬り飛ばしてやった。

(不甲斐《ふがい》ないぞ。それでも江戸の番犬か。もっと歯ごたえのある奴はおらぬのか)
召し物を返り血でどす黒く染め上げ、声ならぬ咆哮《ほうこう》をあげた。

四

おいしい桜餅をご馳走《ちそう》になり勘吉は上機嫌である。宗一郎もあたたかい気分につつまれた。
(江戸の暮らしというのも悪くない)
剣と離れることのない人生であろうが、その間合いの取り方というのはさまざまあるのだ。
「江戸に来ては國房を離し
長屋に住めば竹光を忘れ
大家に逢えば師匠を始め
剣を忘れて解脱を得ん
差料《さしりょう》に拘らず心身自在なり」
幼い時からの「剣客極意」をほしいままに変えて詠んでみた。

「なんだよ。さっきのヤツと違っているよ」

「良いのですよ」

朗らかな気持ちに浸っていたが、急にうなじのあたりの毛がチリチリと逆立つのを感じた。

直後、背筋に大きな悪寒が走り抜けた。

未《いま》だかつてこんなおかしな気を感じたことがない。

突然の日蝕《にっしょく》で辺りが闇《やみ》に変わってしまったような感じ……。

(何だ……これは)

まぎれもなく殺気であった。

巨大な殺気を放つものが近づいてきている。

筋違御門の方向に振りむいた。

通りの向こうから瘴気《しょうき》のように悪意・憎悪・殺気をまき散らしながら何かがやって来ていた。

それは大男の武士であった。

＊

一歩踏みだすたびに一太刀。
一振りするたびに一人。
一歩一殺。
それが神田に入ってから侍が自らに課した取り決めであった。
(この泰平惚《ぼ》けのぼんくらどもめ。うぬらはちりだ。あくただ)
酸鼻極まる傍若無人。
侍は無人の野を行くがごとく、いや表通りを無人の野に変えて突き進んでいた。
岩のような侍が通りを悠然と大股《おおまた》で歩いて来る。
手にした刀で己《おの》が間合いに入るものをことごとく斬り伏せながら……。
手当たり次第に動くものに白刃を見舞っていた。

＊

（みんな逃げろ。なぜ逃げない……）

だが宗一郎自身も凄《すさ》まじい光景に頭が痺《しび》れ動けなかった。

大男が通った後は路面の色が変わっていた。

もちろん水ではない。

人の血だ。

陽射《ひざ》しを反射して白刃がひらめくたびに人の身体《からだ》のどこかが宙に舞った。

大店《おおだな》の手代風の男の首が、派手な柄の振《ふ》り袖《そで》につつまれた若い娘の腕が、駕籠《かご》かきの日焼けしたたくましい脚が……。

血煙の舞う光景に魅入られてしまった。

大男の侍が通った後は、老若男女の別なく斬殺《ざんさつ》された江戸市民が折り重なり、もう誰が誰やら分からぬ状態であった。

侍の着物は奇妙なまだら模様に見えたが、どうやら返り血らしい。

＊

幾人もの血が混ざりあってできた血溜《ちだ》まりに湿った足音が響いていた。

侍は自らの掟《おきて》に忠実に殺戮《さつりく》を実行していた。

祭ばやしの拍子のように正確に一歩、一太刀、一殺の繰り返しである。

(このちり……、あくため。ちり……あくた。ちり……あくた。ちり、あくた。ちり、あくた。ちり、あくた。ちり、あくた……)

歯ごたえのない町人どもはそろそろ斬り飽きた。

少し先に背の高い浪人者が目に入ってきた。

(いた。奴か……。彼奴《きやつ》で間違いあるまい)

浪人の前に小僧がちょろちょろしている。

浪人の子どもだろうか。

(ふはは……お主はどれほど歯ごたえがあろうかな。先ほどの団子屋はなかなか骨があったぞ)

次の目標が定まった。

＊

殺戮者は宗一郎と同じくらいの身の丈であった。

ひょろひょろと縦に長い宗一郎に比べその男は横に広かった。

決して太っているわけではない。顔が小さいのか肩幅が並以上に広いのか……

おそらくその両方なのであろう。分厚い胸板とがっしりした肩に不釣り合いな小さな顔がのっている。

浅黒く分厚い唇。かなり間の離れた両の眼。まるで正面から見た魚だ。

顔の特徴が判別できるほど男との間が詰まっていた。

五間（約九メートル）も離れていない。

男は目が合うとニタリと笑った。

その瞬間、我に返った。

（勘吉さんは……。勘吉はどこだ）

勘吉は目の前、といっても二間（約三・六メートル）ほど先にいた。

おそらく男の間合いぎりぎりだ。

剣客としての条件反射で相手の間合いが頭に入った瞬間に、右手が刀の柄に伸びた。

差料竹光。

重々承知の竹光差しだ。

わかっている。

それはわかっている。

わかっているはずであった。

だが正確にいえばこの時初めて、差料が國房でないことを思いだしたのだ。

大男の侍はまた一歩前に踏みだした。

血も凍る思いとは正にこのこと。

もはや一瞬の逡巡《しゅんじゅん》も躊躇《ちゅうちょ》も許されない。

「勘さん」

突然の大声に勘吉が振り返るのと、大男が刀を振り上げるのが同時であった。

男はあきらかに刀法を変えてきた。

それまではより多くを斬るため、刃こぼれを警戒していたのだが、今は勘吉の小さな身体を両断しようと力任せに振り降ろしてきたのだ。

男の剛腕が凄まじい剣風を巻き起こす。

白刃の餌食《えじき》になる前に恐ろしい剣圧で小さな勘吉など消し飛ばされそうだ。

「やめなさい」

弾《はじ》かれたように跳躍しながら迷わず抜刀した。

迅雷一閃。

腰間から空を切り裂く刃風が舞った。

殺戮者の剛力に電光石火、無常迅速の太刀さばきで対抗した。

勘吉の身体を縦に両断する軌道に入っていた凶刃が正に頭骨に達せんとする寸前で、宗一郎の神技が横滑りにそれを弾いた。

振りおろされた剛剣を、肉厚の鍔《つば》で受けたのだ。

まるで曲芸か手妻だ。

飛んでくる弾丸を弾丸で打ち落とすようなものである。

これが江戸に棲《す》まう二匹の剣鬼の一合目であった。

いらしい。

＊

勘吉はきょとんとした。
突然、宗一郎が大声をあげながら自分に覆いかぶさってきたのだ。
奇矯《ききょう》な振る舞いは今に始まったことではないが、どうも悪ふざけではないらしい。
両腕で作った輪で勘吉を囲み、それを解こうとはしなかった。
宗一郎は黙ったまま前をにらみつけていた。
少し先に大きなお侍が立っていた。
時刻はちょうど昼九つ(正午)。
真っ昼間の陽射しが真上から照りつけていた。
おずおずと見上げたが逆光で表情がよくわからない。
大きなお侍のほうも影のようで顔がはっきり見えなかった。
だが影絵になっている体形がどことなくいびつであった。
大きな壁のようなお侍と向かい合って自分に覆いかぶさるような格好の宗一郎。

まるで井戸の底にいるようだ。

（な……なんだよ。気味がわるいよ）

ニタリと笑いその侍がおもむろに口を開いた。

「おれの剣が見える奴がおるとは思わなかったぜ。見えるどころか止めおったな。おかげで小僧は斬りそこなった」

わけがわからない。小僧というのは自分のことか。

（なにいってんだ。だれも刀なんかぬいちゃいないぞ）

宗一郎の額には脂汗がにじんでいるようであった。

（な……なんだかこわいよ。宗さん……）


白壁町から筋違御門へ抜ける表通りはいつものように人々が行き交いにぎやかであった。

通りには死体もけが人もいない。

町奉行の同心がさほど熱心でなく定廻《じょうまわ》りをこなし、八辻ガ原では団子屋「みつや」の看板娘のおみつがおっ父の作った団子をせっせとお客に運んでいた。

下谷広小路では通りで若旦那がお妾さんの飼っている狆を抱いて妾宅に向かう

途中だった。

なべて世は事もなし。

今日も天下泰平である。

対峙する二人の剣客をのぞけば……。


(この男、歩く道々頭の中で人を斬り殺している……)

様々な危機的状況下でとれる最善の行動は何か?

一流の剣客なら常に考え想起しているものである。

今ここで敵に襲われたらどうやって刃《やいば》を躱《かわ》し反撃するか。

宗一郎も常日ごろからそのような想定を無意識の内に行っている。

「念想の剣」とでもいうべきか。

今、目の前にいる男も念想の剣を行っていたのだ。

ただし襲う立場で、である。

行き交う人々を瞬時に洞察し、斬りかかった時の反応を細部にいたるまで頭の中に想《おも》い描き悦に入る。まぎれもなくこの男は快楽的な殺戮嗜好者《しこう》であった。

自分にはこの男の邪悪な念想の剣が見えたし、男にも宗一郎の剣がはっきりと見えたのだ。男の邪悪な念想の剣に魅入ってしまい、あまつさえ美しいとさえ感じてしまったことを激しく嫌悪した。

男の邪気に呼応して心の奥に棲まう修羅、羅刹《らせつ》が蠢《うごめ》くのをたしかに感じた。

この男の刃は剣鬼を封じ込めていた心の蓋をえぐったばかりでなく、無垢《むく》な勘吉の首も刎ねようと狙ってきたのだ。

胸の奥に湧《わ》いた畏《おそ》れが怒りに転化した。身体中に気勢が吹き上がるように充満した。

男がびくんと身体をのけ反らせた。再びニタリと笑う。

「木久地真之介《きくちしんのすけ》」

唐突に名乗りをあげた。

「瀬能宗一郎」

「知っておる……。いや今、見知った。お主はいずれおれが斬る」

「な……何だと?」

宗一郎は初見である。こんな狂人知る由もない……。

大男木久地はくるりと踵《きびす》を返すと筋違御門の方角に去って行った。

木久地の背中が人混《ひとご》みにまぎれ見えなくなると、緊張の糸の切れた勘吉が大声で泣きだした。

無理もない。

人の形をした二匹の悪鬼羅刹の間に立ち、毒気に当てられたのだ。

「ごめん。勘さん」

だが勘吉は宗一郎の腕をかいくぐり脱兎のごとく、かたぎ長屋に帰ってしまった。

逃げ去るように駆けてゆき、一度も振り返らなかった。

後に残された宗一郎はしばし呆然と通りにたたずんでいた。

暑い暑い陽射しの中で、身震いするほどの怯《おび》えを感じているのは自分だけであろう。

(木久地……真之介……)

そう名乗った邪悪な剣鬼は悠然と去った。

通りには悪鬼に斬られたはずの人々が横を通り過ぎて行く。

皆忙しそうでそれなりの苦悩、それなりの幸せ、それなりの喜び悲しみを抱えて路上を行き交っていた。

世はなべて事もなし。
何事もなかったように歩く名も知らぬ縁もゆかりもない人たち。
そのひとりひとりの死相がまぶたに焼きついて離れない。
邪《よこしま》なる者はずうっと後を引く悪夢のような残像を置き土産にして去ったのだ。
通りの向こうで振り返った女が笑ったような気がする。
遠くてよくわからないが隻眼で大きな眼帯をしているように見えた。
(國房……)
瀬能宗一郎は魂が抜けたように、ただひとり立ち尽くすだけであった。

あとがき

松本大洋

「ぼくの漫画原作をやってくれませんか」

とたずねた時の永福さんの反応は鈍く、

「いいよ。別に……」

とか、そのような感じでした。

なにやら怪訝《けげん》な表情をしていた事をよく憶《おぼ》えています。

常日頃、思いつきだけで新作のアイデアを語る後輩の真意をはかりかねたのか、
とにかく当初は大乗り気、という風ではありませんでした。

二人の合作が実現するまでに、それから十年近くの紆余《うよ》曲折《きよくせつ》を経るのですが、

その事はここでは割愛します。

＊

『竹光侍』は、永福さんが原作小説をつくり、ぼくがそれを漫画にする形態をとりました。

「ビッグコミックスピリッツ」連載時のぼくは、それこそ一心不乱で、正直、上がってくる原作が面白いのかどうかという事を考える余裕などありませんでした。

この場面は絵にした時に映えるのか否か、この台詞《せりふ》はフキダシに入れるには長過ぎやしないか、などといった事を、まずは考えねばなりませんでしたし、登場する人物達を一度自分の中に入れ咀嚼《そしやく》する事が、共作に不慣れな自分にはなかなか難しい。

特に主人公である宗一郎のように万人から愛される人物を、自分は今まで描いた事がなく、始めた頃は、表情をひとつつくるのにも、ひどく難儀しました。

また、捕物から御家騒動まで組み込まれた振幅の大きなストーリーですから、時代劇初心者のぼくは、当然、話が展開する度、資料と格闘せねばなりませんでした。いま仕事場は江戸時代の研究室のようになっています。

とにかく原作を腐らせず、漫画に力を持たせる作業に必死で、原作を楽しむ事など一度もありませんでした。

結果三年以上を費やし、できあがった漫画『竹光侍』を、ぼくはとても気に入っております。


今、この小説の装画を描くためにあらためて読みかえしていますが、やはり面白い。

宗さんも勘さんも生き生きしていますね。

娯楽に徹する姿勢が永福一成そのものだ、と感じます。

ああ、そうだ、当時のぼくはこのような娯楽をやりたくて彼に原作をお願いしたのだな、と、いま再読をしていて思い出しました。


幼い勘吉が、繰り返し宗一郎を尾《つ》け回すところが好きです。いつも見やぶられ、くやしい思いをする勘吉を描く事は愉快でした。

この小説を読んで下さった方が楽しんでくれたら、永福さんはもちろん、ぼくもとても嬉《うれ》しいです。

（まつもと・たいよう／漫画家）

第十一回
小学館文庫小説賞
決定発表

◉受賞作〈正賞〉記念品〈副賞〉百万円
『絡繰《からく》り心中』
永井紗耶子（神奈川県、三十二歳）

選考経過

第十一回小学館文庫小説賞は二〇〇八年十月から二〇〇九年九月末日まで募集され、四百四十七篇のご応募をいただきました。
選考は応募作品の中から候補作を絞りこむ一次選考、候補作の中から最終候補作を選ぶ二次選考、そして小学館文庫小説賞受賞作を決定する最終選考の三段階を経て行われました。

一次選考を通過したのは以下の十五篇です。

『赤月に誓う』 石塚京助
『いずる食堂とその周辺のひとたち』 凜リン太
『いなりで御免!』 深山朴子
『ゴースト・ライター』 深町哲
『ルゥとサンタクロースの秘密』 山崎蓮
『死よ、安らかに眠れ』 柴田柴蔵
『銀月の記憶』 安長猛
『ブラウンアイド・ガール』 団堂広
『アマデウス・コード』 喜多川リュウ
『偽善者』 六鹿信
『少女蒐集家』 祥見明
『真夏に降る雪』 門倉暁
『中年キューピットは矢が撃てない』 圑之原秀行
『絡繰り心中』 永井紗耶子
『反乱、言葉の』 藤井考
（応募受付順）

一次選考を通過した十五篇の作品について、小学館出版局「文庫・文芸」編集部員による二次選考を行ない、文章力、テーマ、独創性、書き手としての将来性、読者への満足度などの観点から詳細に検討し、次の四篇が最終選考の対象となる候補作として選出されました。

☆第十一回小学館文庫小説賞最終候補作
『いなりで御免!』 深山朴子（神奈川県、二十九歳）
『中年キューピットは矢が撃てない』 圑之原秀行（東京都、四十四歳）
『絡繰り心中』 永井紗耶子（神奈川県、三十二歳）
『反乱、言葉の』 藤井考（東京都、五十六歳）

右記の四作品について、「小学館文庫」編集長を中心とした編集部員による最終選考会を開き、さらに議論を重ねた結果、永井紗耶子さんの『絡繰り心中』を第十一回小学館文庫小説賞受賞作に選出しました。（今回は優秀作、佳作はありません）
永井紗耶子さんには記念品と副賞百万円をお贈りし、受賞作は近日中に小学館より刊行いたします。ご期待ください。

受賞の言葉

『絡繰り心中』

永井紗耶子　ながい・さやこ

一九七七年、神奈川県横浜市生まれ。二〇〇〇年、慶応義塾大学文学部卒業。新聞記者を経て、フリーランスのライターに。現在、新聞や雑誌の記事、ラジオドラマの脚本などを執筆。佛教大学大学院にて仏教文化修士号も修得。

このたびは、素晴らしい賞をいただき、ありがとうございます。

小学校の卒業文集に「将来の夢：作家」と書いており、物心ついたころから、文章を書くことを楽しんで、現在もライターをしております。そんな私にとって、今回の受賞は、大きな一歩になりました。心より感動しております。

記者として、新聞、雑誌で数多くの方々に取材、インタビューをさせていただく中で、少しずつ「現代」という時代を見てまいりました。凄まじい速さで変化していく現代社会においても「人間は、それほど変わっていない」というお話をうかがうことも多く、実感することも多々ありました。今回、江戸時代を舞台に小説を書かせていただきましたが、ここに登場する人物の大半は、現代に今、生きている人々をモデルにさせていただいております。たくさんの出会いに恵まれたからこそ、書けた作品です。

まだまだ未熟ではございますが、これからは、この賞に恥じないよう、さらに多くの方々の力を借りながら、小説を書き続けていきたいと思っております。情報を発信する立場の人間として、現代という時代と社会から決して目を反らさずに、その中から取り出したエッセンスをエンタテインメントの形で表現し、何よりもまず、読者の方に楽しんでいただける作品をつくれるよう邁進していきたいと切に願っております。

選評

◉『絡繰り心中』　永井紗耶子

文化八年（一八一一年）、江戸吉原の日本堤の外に広がる田んぼで稲本屋の雛菊という女が刀で袈裟懸けに斬られて殺されていた。見つけたのは吉原の茶屋を出てきたばかりの十八歳の金四郎。彼は歌舞伎の森田座で笛方をして暮らしていたが、実は旗本の遠山家の跡継ぎでもあった。昨夜、茶屋で顔を合わせていた雛菊の非業の死に、金四郎は事件の真相を探り始める。旧知の狂歌師・大田南畝、森田座に出入りする絵師・歌川国貞とともに雛菊の周囲をあたるうちに、彼女がかねてから会う男たちに心中を持ちかけていたことを知る。雛菊はなぜ心中を望んでいたのか、金四郎はいつしか雛菊の深く暗い心のうちに踏み込んでいく。

金四郎ときて、遠山の姓を名乗れば、この作品が若き日の遠山金四郎の物語だとわかる。ひとりの女の殺人事件に関わりあううちに、芸事に逃避していた若き日の遠山金四郎が社会正義に目覚めていく、その過程が鮮やかに描かれている。要所がきちんと押さえられた時代ミステリーとなっており、事件を探索していく過程は丁寧であし、当時の風俗もよく調べて書き込まれている。主人公の脇をかためる狂歌師の大田南畝や絵師の歌川国貞の登場も考えられている。この世のやりきれなさ、不条理といったものに涙する金四郎という着地には、長編小説としては少々物足りないという意見も出たが、事件の成り行きよりも主人公の心の動きがこの作品の読みどころであり、大きな瑕疵にはならない。時代小説でありながら、この作者が持っている社会というものに対する確固たる視点は、現代にも通じるものがあり、今後もいろいろなジャンルですぐれた作品を生み出していく可能性を感じさせる。最終選考会では、同じ時代小説である『いなりで御免!』と最後まで意見が分かれたが、作品の完成度もさることながら、次回作への大きな期待ということもあり、受賞作と決まった。

◉『いなりで御免!』深山朴子

江戸の町で端歌の師匠をする陽次郎は絵にかいたような二枚目。剣の腕前はいまひとつだが、威勢だけはとにかくいい。もちろん女性たちにも滅法もてるが、ある日、狐の神様である稲荷娘に惚れられたことから物語が始まる。陽次郎が思いを寄せる女性・初音との仲を引き裂くために、稲荷娘は神力で呪いをかけたのだ。それは陽次郎が初音に近づこうとすると醜男に変身してしまうというもので、かわりにそのとき剣の腕は誰に負けないほど強くなる。そんな折、江戸の町に女性ばかりを狙う髪切り魔が出没し、陽次郎の弟子であるおつるが犠牲となる。陽次郎は稲荷娘の神力を借りて、髪切り魔の捕縛に乗り出そうとするのだった。

主人公が思いを寄せる女性に近づこうとすると醜男になるという設定が面白い。しかもそのとき、からきし心もとなかった剣の腕がにわかに上がる。このひねりの効いた設定が物語の最後まで読む者をひっぱっていく。美男で弱いか、醜男で強いか、ふたつのキャラクターを往き来する主人公の心中はユーモアも交え巧みに描かれている。物語は夏、秋、冬と進み、季節ごとに主人公は別の事件に巻き込まれていくが、ストーリーとして、一本筋の通ったものが欲しかった。それぞれの事件にも意想外の展開はなく、興味は主人公の変身譚に絞られてしまう。次々登場する人物にも説明不足のところがあり、読んでいて面食らう部分も多かった。また読みどころである変身の場面にも、もう一歩踏み込んだ詳細な描写が欲しかった。変身がどこから始まったのかわからない場面も多い。とはいえ不思議な味わいを持つ魅力的な時代小説であることに変わりはなく、同じ江戸時代に題材をとった受賞作と最後まで争った。

◉『中年キューピットは矢が撃てない』園之原秀行

キューピットの矢神九太郎は天上界から地上に降り、サラリーマンとして会社に勤めていた。会社の部署は恋愛事業部。九太郎と同じキューピットばかりが集まり、カップルになりそうな男女に矢を射り、恋愛を成就させるということが業務であった。とはいえ九太郎は自分の仕事に疑問を抱いており、人間は自分たちが手を加えなくとも自由に恋愛をすればいいと考えていた。そのことを会社のお客様相談室の弓吉に話すと事態は一変する。実は弓吉は全世界をつくった大神様だったのだ。弓吉が九太郎の話を受けて、キューピットの役目を廃止してしまったから大変。地上では別れるカップルや離婚する夫婦が続出することになる。

とにかく笑える作品である。キューピットマヨネーズという会社に恋愛営業部があり、そこに本物の愛のキューピットたちがいて、日々営業活動をしているという設定がおかしい。丁寧にさまざまなキューピットたちの素性と活躍を示していき、その細かい設定、細部のつくり込みが凝っている。ただ物語の展開が作者の都合よく書き込まれすぎていて、いまひとつ説得力に欠ける。とくに大神様が出てきてキューピットの役目を廃止してしまうあたりから、読んでいて鼻白む場面も多くなる。しかし全編に散りばめられた作者の諧謔精神はなかなかのもので、読者が容易に納得できる展開が用意できれば素晴らしい作品になるのだが。

◉『反乱、言葉の』　藤井考

出版社の編集長・北村俊雄は辞典をつくることになった。しかしゲラの段階で二十数箇所の空白が生じる。それは辞典に載るはずだった言葉たちが反乱を起こして、集団脱走したためであった。編集担当の村井美知子は脱走した言葉たちから、事前にその理由を聞かされていた。それは言葉たちが、自分たちの意味が誤解されたり、実はもっと深い意味があるのに理解されなかったり、そういうことへの不満から始まったものだということだった。脱走の首謀者は『風を切る』と『血が騒ぐ』。美知子は言葉たちの境遇に深く同情することになる。

辞典をつくろうとしたら言葉たちが反乱を起こしてゲラから逃げ出した。物語の設定を聞けば、きわめて実験的な、純文学的な作品に思えるが、実は作者はそれほど高踏的ではない。むしろ言葉を捉えるレベルは下世話であり、ときに駄洒落的であり、矢継ぎ早に繰り出される言葉を主役としたスラップスティックなエピソードは、エンタテインメントとしても面白く読める。しかしその出来不出来がはっきりし過ぎており、作者の思い込みも強すぎ、これはどうかと首をかしげるものもある。展開される個々のエピソードにもう少し関連性を持たせるのと全体の構成を再考することで、よりリーダビリティにすぐれた作品に生まれ変わる。

小学館文庫小説賞　受賞作一覧

【第一回】『感染～infection～』仙川環／（佳作）『神隠し』竹内大／（佳作）『枯れてたまるか探偵団』岡田斎志【第二回】『秋の金魚』河治和香／（佳作）『ｉｆ』知念里佳【第三回】『テロリストが夢見た桜』大石直紀【第四回】『ベイビーシャワー』山田あかね／（佳作）『キリハラキリコ』紺野キリフキ【第五回】『リアル・ヴィジョン』山形由純【第六回】『あなたへ』河崎愛美【第七回】受賞作なし【第八回】『パークチルドレン』石野文香／『廓の与右衛門　控え帳』中嶋　隆【第九回】『千の花になって』斉木香津／（優秀賞）『ある意味、ホームレスみたいなものですが、なにか？』藤井建司／（佳作）『秘密の花園』泉スージー【第十回】『神様のカルテ』夏川草介

本書のプロフィール

本書は、ビッグコミックスペシャル『竹光侍』の原作者が、小説として新たに書き下ろしたものです。

小学館文庫

竹光侍《たけみつざむらい》

著者　永福一成《えいふくいっせい》

二〇一〇年五月十二日　初版第一刷発行

発行人——飯沼年昭
発行所——株式会社　小学館
〒一〇一-八〇〇一
東京都千代田区一ッ橋二-三-一
電話　編集〇三-三二三〇-五九五九
　　　販売〇三-五二八一-三五五五
印刷所——凸版印刷株式会社

ISBN978-4-09-408502-0